Helen Carter

AnwaltsHure

Erotischer Roman

www.blue-panther-books.de

BLUE PANTHER BOOKS TASCHENBUCH
BAND 2174

1. AUFLAGE: MAI 2011

VOLLSTÄNDIGE TASCHENBUCHAUSGABE

ORIGINALAUSGABE
© 2011 BY BLUE PANTHER BOOKS, HAMBURG
COVER: © NIKO GUIDO @ ISTOCK
UMSCHLAGGESTALTUNG: WWW.HEUBACH-MEDIA.DE
GESETZT IN DER TRAJAN PRO UND ADOBE GARAMOND PRO

PRINTED IN GERMANY
ISBN 978-3-940505-49-1

WWW.BLUE-PANTHER-BOOKS.DE

INHALT

1. Schnell. Hart. Tief.

Mit dem leisen Summen des Rollladens als Begleitmusik erhob sich an diesem Morgen eine Märchenlandschaft vor meinen Augen. Was am Vorabend als filigraner Flockentanz begonnen hatte, verwandelte mittlerweile ganz London in ein Wintermärchen. Dicke, weiße Kissen lagen auf den entlaubten Zweigen und Ästen meines kleinen Gartens und funkelten im matten Morgenlicht.

Ich lehnte mich mit der Schulter gegen die Wand und betrachtete die Schönheit dieses Wintermorgens. Es schien, als wäre in der Nacht ein Riese umhergewandert und habe unendliche Mengen von Diamantsplittern über der Stadt verstreut. In mir war auf einmal wieder die Erinnerung an jene friedlichen Tage meiner Kindheit, wenn ich den ersten Schnee staunend und in freudiger Erregung betrachtet hatte.

Und so geschah es nicht ohne eine gewisse Wehmut, dass ich das Mädchen von damals mit der Frau verglich, die ich heute war. Eine Hure!

Durch George McLeod, einem der renommiertesten Anwälte des Königreichs, war ich in einen Strudel aus Sex, Leidenschaft und Reichtum geworfen worden. War er zu Anfang nur mein Liebhaber gewesen, hatte er sich bald in eine Art exquisiten Zuhälter verwandelt, für den ich mit seiner betuchten Klientel gegen Bezahlung ins Bett ging.

Es war die Liebe zu ihm, die mich – jegliche Hemmung oder Bedenken über Bord werfend – mit den unterschiedlichsten Männern und auch Frauen, in die vielfältigsten erotischen Abenteuer getrieben hatte.

Dennoch machte ich mir in meinen vernünftigen Momenten keine Illusionen über die Art unserer Beziehung. George würde für mich niemals mehr sein, als ein Liebhaber und Arbeitgeber. Dies nicht nur, weil er verheiratet war, sondern vielmehr, weil sein Charakter es erforderte. Er war ein Mann, hinter dessen freundlichem Charme sich stählerne Härte verbarg. Der unbedingte Wille zu Erfolg, Macht und Geld. Von all dem besaß er im Übermaß und tat doch nichts, ohne eisiges Kalkül.

Warum ich ihn dennoch liebte? Vielleicht, weil ich immer auf der Suche war nach einem anderen George. Jenem Teil in ihm, der gütig, herzlich und liebevoll war. Der Dinge ohne Berechnung tat, ja, sogar ohne darüber nachzudenken.

Leider hatte ich jenen George in den Jahren seit unserer ersten Begegnung noch immer nicht finden können. So war es vielleicht auch jene Suche, die mich in die Arme seines Sohnes Derek getrieben hatte. Eines Mannes, der in Wahrheit der ganze Sohn seines Vaters war. Nur in einer fast verzweifelten Art und Weise. Derek kämpfte gegen sich und sein Erbe. Verwirrt, leidenschaftlich, verletzt und … rücksichtslos.

Ich hatte ihn in den zurückliegenden Wochen in seinen einsamsten und düstersten Stunden kennengelernt.

Ich hatte ihm beigestanden, ihn getragen und am Ende das Feld für eine andere Frau geräumt: Laura. Die Tochter des Lordrichters, deren Liebe ihn vor einer drohenden langen Haftstrafe bewahrt hatte. Ich hatte eingesehen, dass ich Dereks Schicksal besiegelt hätte, wenn ich mich Laura und ihm in den Weg gestellt hätte. Nicht nur wegen des Verfahrens, das ihm gedroht hätte, sondern weil Laura sein Kind erwartete.

So stand ich an jenem funkelnden Morgen an meinem Fenster, hinter mir die schwärzeste Zeit meines Lebens, und beschloss, Vergangenheit Vergangenheit sein zu lassen und wieder in mein altes Leben zurückzukehren. Mich wieder in den Rausch aus Sex und Gier zu stürzen und so nicht nur jene dunklen Tage hinter mir zu lassen, sondern auch Derek selbst. Ihn ein ruhiges Leben aufnehmen zu lassen an der Seite der Frau, die sein Herz gewonnen hatte.

»Es gibt viele Fische im Meer«, flüsterte ich leise.

Gerade als ich mich nun von der Wand abstieß, um nach meinen Zigaretten Ausschau zu halten, klingelte mein Telefon. Ich nahm den Anruf entgegen, ohne meinen Namen zu nennen.

»Miss Hunter?«, klang es dezent vornehm in mein Ohr. »Hier ist die Kanzlei McLeod. Mister McLeod hat mich gebeten, Ihnen mitzuteilen, dass gegen ein Uhr ein Gast zu Ihnen kommen möchte.«

In mir versteifte sich alles. Seit wann rief George mich nicht mehr selbst an, wenn er einen Kunden für mich hatte? Mir wurde plötzlich kalt.

»Es ist ein Mister Goric. Sein Termin ist *open end* avisiert.«

Goric … wohl ein Russe, dachte ich und erinnerte mich an jenen Mann, der mich mit Geschenken überhäuft hatte und dessen Heiratsantrag ich schweren Herzens hatte ablehnen müssen.

»Danke vielmals für Ihren Anruf.« Ich stand da, den Hörer in der Hand, und begriff nicht, was George sich diesmal wieder ausgedacht hatte …

Leicht zusammenzuckend rieselte im nächsten Augenblick ein glühender Lavastrom von meinem Nacken abwärts über meinen Rücken. Energisch wischte ich alle Überlegungen beiseite, denn ein Kunde war genau das, was ich im Moment brauchte: Ablenkung. Sex.

Und hätte ich in diesem Moment zwischen meine Beine gegriffen, hätte ich ohne jeden Zweifel jene Feuchtigkeit bemerkt, die diese Aussicht stets in mir auszulösen vermochte.

Zügigen Schrittes eilte ich quer durch das Luxusapartment, das George mir zu Beginn unserer Beziehung geschenkt hatte. Es lag ruhig im Erdgeschoss eines edwardianischen Hauses, nur wenige Gehminuten von Kensington Gardens entfernt. Als ich nun mein Schlafzimmer durchquerte, um zum Ankleidezimmer zu gelangen, erinnerte ich mich nicht ohne Wehmut an jene zahlreichen Stunden, in denen ich mit George in dem großen Bett gelegen hatte. Mit einem Mal schien mir das alles unfassbar weit entfernt. Eine gewisse Kälte ergriff mich und die Frage tauchte plötzlich auf, wie viele Stunden ich wohl hier noch mit ihm haben würde ...

Ich betrat das Ankleidezimmer, wo alle meine Sachen ordentlich aufgehängt, beziehungsweise gestapelt lagen. Von meiner Laufkleidung bis zu den großen Ballroben, die ich hin und wieder für jene gesellschaftlichen Anlässe benötigte, zu denen George mich engagierte. Ich wusste, dass Männer es liebten, wenn ich mit meiner Kleidung spielte. Vor allem aber liebten sie mich sexy. Also wählte ich ein enges, anthrazitfarbenes Schneiderkostüm, das aus einem relativ dehnbaren Stoff gefertigt war. Dazu legte ich eine weiße Seidenbluse heraus, die, erst wenn man das Jäckchen auszog, ihre wahre Natur zeigte: Sie war so dünn, dass meine Brüste durchschimmerten.

Ich stieg unter die heiße Dusche und reinigte mich von Kopf bis Fuß mit größter Sorgfalt. Und als der Dampf mich einhüllte, fühlte ich mich an ein türkisches Bad erinnert, in dem die neue Favoritin des Herrschers zurechtgemacht wird. Der Brausekopf an meiner Spalte erzeugte einen heftigen Druck in meinem Unterleib und hätte ich nicht gewusst, dass ich jenen Druck in absehbarer Zeit bei Goric stillen würde, ich hätte mich mit Sicherheit selbst befriedigt. So aber zügelte ich meine Gier und schlüpfte stattdessen in meinen Bademantel. Nicht jedoch, ohne zuvor meinen Körper in dem großen Spiegel begutachtet zu haben.

Seit Beginn meiner Arbeit für George hatte sich mein Gewicht um einiges reduziert, dennoch hatte ich weibliche Hüften und eine stattliche Oberweite. Meine Brüste waren nicht mehr ganz so perfekt wie in früheren Zeiten, aber ich war zufrieden. Nur mein Po kam mir ein wenig zu üppig vor. Ein Urteil, das die Männer nicht zu teilen schienen.

Noch immer zählten Rosen zu meinen Lieblingsdüften und so rieb ich ein wenig von meinem Rosenöl in meine erhitzte, noch immer etwas feuchte Haut. Als dieser Duft nun in meine Nase stieg, überkam mich ein gewisses sinnlich-träges Gefühl, das ich sehr genoss. Jegliche Hektik fiel von mir ab und ich widmete mich sowohl meinem Körper, als auch meinem Haar.

Make-up benutze ich stets in Maßen. Und so legte ich auch jetzt nur Wimperntusche auf, einen haltbaren Lippenstift und einen Hauch geschickt platzierten Rouges.

Der Wäsche widmete ich meine besondere Aufmerksamkeit. Sie musste zum restlichen Outfit passen. Auch wenn Goric sie nur kurz zu Gesicht bekäme, so bestimmte dieser kurze Eindruck doch den Fortgang der Ereignisse nicht unmaßgeblich.

Ich entschied mich für schwarze Spitzenwäsche, einen Tanga und BH. Dazu schwarze, halterlose Strümpfe, deren oberer Abschluss von einer breiten Spitzenbordüre geziert war. Wenn ich auch viel Geld in meine Wäsche investierte, so kaufte ich Strümpfe und Strumpfhosen stets günstig, da sie viel zu oft von stürmischen Herren zerrissen wurden.

Ich würde die sexy Lehrerin spielen, unter deren Kostüm sich eine verruchte Hure verbarg. Etwas, das dieser Goric nur ahnen mochte, das ihn aber umso mehr auf Touren bringen würde. Ich schlüpfte in Rock und Bluse, zog das Jäckchen über und schloss es. Ein kurzes Drehen vor dem Spiegel und ich mochte, was ich sah. Vor allem aber wusste ich, dass er es mögen würde. Die hochhackigen schwarzen Stiefel ergaben zwar einen gewissen Bruch in meinem Outfit, doch den nahm ich hin, da Männer nichts so lieben, wie Stiefel.

***

Ich war eine gute Viertelstunde bevor jene schwarze Limousine auf den durch ein Mäuerchen von der Straße getrennten Parkbereich fuhr, fertig. Am Fenster stehend, hatte ich auf diesen Moment gewartet. Ruhig, fast träge.

Der Schnee fiel mittlerweile immer dichter. Die Scheibenwischer des Wagens schoben ihn zu dicken Kissen zusammen, die seitlich am dunklen Lack herab rutschten. Die Reifen hinterließen eine Spur im frisch gefallenen Weiß.

Die Fahrertür öffnete sich und ein Soldat stieg aus. Überrascht beobachtete ich, wie er um das Fahrzeug herumeilte, den hinteren Schlag aufriss und strammstand. Ich schmunzelte bei dem Gedanken, dass mir der Bursche auch gefallen würde. Schlank und schneidig stand er da, erstarrt wie eine Zinnfigur.

Und dann entstieg mein Gast dem Wagen. Für einen Moment hielt ich den Atem an. Großgewachsen, in dunkler Uniform. Bewegungen geschmeidig wie die eines Raubtiers. Ohne dem Soldaten auch nur einen Blick zu gönnen, bewegte er sich auf dem schneeglatten Untergrund sicher wie auf trockenem Asphalt.

Es geschah mitten im Gehen, dass er plötzlich aufsah und mich am Fenster zu entdecken schien. Seine Blicke fixierten mich, wie einen plötzlich aufgetauchten Heckenschützen. Ohne irgendeine Art von Reaktion zu zeigen, ging er weiter auf meine Tür zu.

Ich begab mich zum Türöffner, wartete auf das Klingeln, zählte stumm bis zehn und öffnete dann.

Jetzt, da er so unvermittelt vor mir stand, erschien er mir noch imposanter. Da ich selbst vergleichsweise klein bin, musste ich zu ihm förmlich aufsehen. Seine Augen schienen das einzig Aktive in seinem ansonsten vollkommen beherrschten Gesicht. Sie aber wanderten ruhelos über meine Züge, als hätten sie sich in lebende Scanner verwandelt. Ich sah eine kalte Flamme in seinen Augen, die bald zu glühen und zu brennen beginnen würde.

Schätzte er mich gerade ab? Gefiel ich ihm? Es gab keine Antwort auf diese Fragen in seinem Gesicht. In diesen runden, großen Augen, über denen kräftige Brauen lagen. Der glatt rasierten Haut und den schmalen, etwas breiter angelegten Lippen. Es lag eine gewisse Jungenhaftigkeit in diesem Gesicht, die aber überlagert wurde von anerzogener militärischer Haltung.

»Hallo«, sagte ich verhalten. Unsicherheit erfasste mich. Bereute er es gerade, hergekommen zu sein?

»Darf ich hereinkommen?«

Diese beinahe distanzierte Reaktion verblüffte mich dermaßen, dass ich nur stumm beiseitetrat und ihn an mir vorbeigehen ließ.

Als ich in mein Apartment kam, stand der Offizier scheinbar unschlüssig im Wohnzimmer und kramte derweil nach seinen Zigaretten. Mir die Schachtel hinhaltend, sah er mich schweigend an. Eine Spannung legte sich über uns, die nicht nur erotischer Natur war. Ich brauchte ihn nur ansehen und wurde nass.

»Wie geht es dir?«, fragte er mit einem Ton, als befürchte er, dass irgendwo ein Fallstrick lauerte. Sein Akzent überraschte mich, denn in diesem Moment hätte ich ihn für einen waschechten Schotten gehalten. Aber ich kannte weder die Uniform noch passte der Name.

»Ich kann nicht klagen. Aber wollen wir uns nicht setzen? Einen Drink?«

Wie so oft flüchtete ich mich beinahe in die Rolle der charmanten Gastgeberin und er nahm auch sofort auf der cremefarbenen Ledercouch Platz, wo er, noch immer in straffer Haltung, jedem meiner Schritte mit den Augen folgte, während er ruhig zu rauchen begann. Es ärgerte mich ein wenig, dass er nicht mal gefragt hatte, ob es mir recht war, dass er es tat. Den Rücken ihm zugewandt, seinen Blick auf meinem Körper wissend, schenkte ich Whiskey ein.

Seine Beherrschtheit irritierte mich und ich fürchtete, dass ich mehr Arbeit mit ihm haben würde, als meinem Nerven-kostüm zuträglich war. Dennoch war ich auch zuversichtlich, denn gerade jene äußerlich so beherrschten Männer, pflegten im Schlafzimmer zu Tieren zu mutieren.

»Mr McLeod hat nicht übertrieben, als er deine Schönheit gepriesen hat«, eröffnete er das Gespräch, während ich ihm das Glas reichte und mich neben ihn setzte.

Sein Rasierwasser duftete verführerisch. Herb und männlich. Seine Ausdrucksweise war mir einen Tick zu blumig, aber ich schrieb dies seiner fremdländischen Herkunft zu.

»Keine Übertreibung, bitte«, erwiderte ich, und freute mich doch über das Kompliment.

»Du kannst Ivo zu mir sagen.« Seine Stimme war hell und klar, mit dem rollenden »R« des Schotten.

»Also ...«, ich stieß mit meinem Glas gegen das seine, »... Ivo!« Ein kleines Lächeln wanderte über seine Züge und ich sah, dass er leicht errötete.

»Aus welchem Land kommst du?«, fragte ich.

»Serbien.«

»Oh, ich hätte schwören können, du bist Schotte.«

Ein Strahlen erhellte sein Gesicht und jetzt waren seine Züge die eines stolzen Jungen, den man gelobt hatte. »Ich bin in Glasgow geboren und aufgewachsen.«

»Ah … deswegen.« Der sowieso schon dünne Redestrom versiegte nun vollkommen.

Es war der Moment, wo ich mich ernsthaft fragte, was wir hier taten. Was er von mir wollte. Wieso war er hergekommen, wenn er nur schweigend trank?

Aber auch ich kannte mich so nicht. Normalerweise konnte ich den schweigsamsten Gast zum Plaudern bringen. Es passierte so gut wie nie, dass mir kein Thema mehr einfiel. Aber jetzt und hier schien ich nicht mehr weiter zu wissen.

Seine nächste Bewegung kam derart plötzlich, dass sie mich vollkommen überrumpelte. Er stellte sein Glas auf den gläsernen Tisch, warf sich praktisch im gleichen Moment über mich. Seine Lippen auf meinen glichen einem Überfall und ich konnte gerade noch meinen schwappenden Whiskey beiseite stellen, als er mich auch schon in seine Arme riss und wild zu küssen begann.

Mir war es nicht einmal mehr möglich, zu protestieren, oder auch nur seinen Namen zu sagen, als seine Zunge bereits wild in meinen Mund eindrang, als gelte es, einen Feind zu erobern.

Sein Atem, der jetzt beinahe in stürmisches Keuchen überging, versetzte mich in einen Rausch. In einer Art Handgemenge rissen wir uns jeder selbst, aber auch dem anderen, die Kleider vom Leib. Ich hörte reißenden Stoff und wusste, dass meine Bluse ruiniert war. Aber das war mir in diesem Moment vollkommen gleichgültig. Ich wollte diesen Mann so sehr, dass mein Körper zu schmerzen begann. Das Blut pochte in meinen Schläfen und die Welt um mich herum versank in einem dichten Nebel. Es fühlte sich an, als habe sich alle Sehnsucht nach ihm aufgestaut und käme nun zum Ausbruch.

Ich versuchte, meine Lippen von seinen zu lösen und seine Haut zu küssen. Wanderte beinahe hektisch an seiner Brust abwärts, züngelte noch kurz seinen Nabel und spürte schon, wie seine Eichel, prall und glatt, gegen meinen Hals stieß.

Allein diese Berührung reichte aus, um ihm ein tiefes, kehliges Stöhnen zu entringen.

Er warf sich nach hinten, legte den Kopf auf die Rückenlehne der Couch und schloss die Augen. Doch nicht entspannt harrend, sondern vielmehr, als sammle er gerade alle Kraft, um den entscheidenden Angriff zu starten.

Ich selbst hielt mich nicht mit sanftem Lecken seines Schafts auf, sondern presste meine Lippen fest zusammen und drückte seine Eichel durch das enge Tor meines Mundes. Im gleichen Moment begann sein Unterleib zu pumpen. Es waren wilde, hektische Stöße. Nicht mehr von Genuss kontrolliert, sondern jegliche Beherrschung hinter sich lassend.

Ich kniete neben seinem Schoß und ließ seinen Steifen wieder und wieder in meinen Mund rammen. Ivo benutzte mich so tief, dass ich die leichten Stoppeln an der Basis seines Schwanzes an meinen Lippen spürte.

Plötzlich packte er meinen Kopf, presste ihn in den Schraubstock seiner großen Hände und fickte wild in meinen Mund. Um nicht zu würgen, blieb mir nichts übrig, als stillzuhalten. Er richtete sich auf, drückte meinen Kopf auf und ab und benutzte ihn in wilder Raserei.

Mein ganzer Körper verwandelte sich in einen Lavastrom. Mit bebender Hand griff ich zwischen meine Beine und begann, meine Klit zu reiben. Welche Vorstellung, jetzt mit ihm gemeinsam zu kommen.

Ein rasender Mahlstrom riss mich mit sich, meine Arme wurden taub, mein Unterleib pochte und ich wichste mich immer schneller, mit seinen Stößen mithaltend. In den wabernden Nebeln meines Verstandes hörte ich ihn auf Serbisch flüstern. Verstehen konnte ich allerdings nur meinen hektisch hervorgestoßenen Namen.

Dann, gerade als ich spürte, wie seine Eier stramm wurden, riss er meinen Kopf hoch. Seine Augen glitten über mein Gesicht. »Reite mich, meine geile Hure!«, keuchte er und ich leistete seinem Wunsch augenblicklich Folge, indem ich mich erhob und rittlings auf seinem Ständer Platz nahm.

Seine Hände stützten meine Arschbacken, kneteten sie hart, während sein Mund meinen Nippel einsaugte. Ich schrie leicht, als seine Zahnreihen meine harte Knospe zu nagen begannen. Doch es war kein unangenehmer Schmerz, vielmehr war er wie der Blick in ein düsteres Paradies. Auch jetzt brauchte ich wenig mehr zu tun, als mich seiner Kraft und seinem Willen zu unterwerfen, denn er hatte mittlerweile begonnen, meinen Körper anzuheben und dann herabzustoßen, sodass sein Schwanz tief in mich hinein sauste. Meine Arschbacken klatschten laut auf seine Schenkel und dieses Geräusch schien seine Gier nochmals zu befeuern. Ivo wurde mit jedem Moment schneller. Er fickte mich in einer Art und Weise, wie ich sie nur selten erlebte. Schnell. Hart. Tief.

Meine Brüste hüpften auf und ab, und ich warf den Kopf in den Nacken, um die Lust herauszuschreien, die seine stampfende Männlichkeit in mir auslöste.

»Fick mich!«, brüllte ich mit heiserer Kehle gegen die Decke.

»Meine kleine Drecksau …« Seine Stimme war plötzlich tief. Atemlos fast. Als lege er alle Kraft in die Stöße, die mich so hart trafen und mein ganzes Ich in äußerste Ekstase versetzten.

Jetzt konnte ich mich nicht mehr beherrschen. Als suchte ich, noch härter benutzt zu werden, lehnte ich mich leicht nach vorn, stützte meine Hände neben seinem Kopf ab und ließ meinen Unterleib fest auf seinen stoßen.

Diese Aktivität brachte Ivo dazu, wild zu schreien. Seine Worte schienen eine Mischung aus Flüchen und Anfeuerung zu sein. Schweiß stand auf seiner Stirn und ich spürte in meinem Unterleib, dass ich jeden Moment kommen würde. Alles zog sich in mir zusammen, schien sich auf einen glühenden Punkt zu konzentrieren. Das Prickeln wandelte sich in ein Pochen und gerade, als ich neben seinen Schläfen stöhnte: »Jetzt«, durchraste mich auch schon ein Orgasmus von solcher Heftigkeit, dass er mir beinahe den Verstand raubte. Mein Körper schien zu erstarren, während meine Beine sich verkrampften. Das Ziehen und Stampfen in meinem Unterleib katapultierte mich scheinbar ins All und ließ mich dort fast schwerelos dahinschweben. Wie in einem anderen Körper, spürte ich, dass meine plötzliche Starre, mein plötzliches Krampfen, dazu geführt hatte, dass Ivo nicht mehr weiter hatte zustoßen können und in mir explodiert war.

Sein heißer Samen war in meinen Schoß geschossen und schien meinen Unterleib zu überschwemmen.

Wildes, unregelmäßiges Keuchen drang in mein Ohr und steigerte nochmals die Geilheit, die mich bis an diesen Punkt getrieben hatte.

»Ivo …«, flüsterte ich, als der Orgasmus langsam abzuebben begann, klammerte mich an seinem Nacken fest und drückte seinen Kopf gegen meine Brust. Sein Samen floss aus meiner Spalte und strömte über seinen Schoß.

Mühsam um Fassung ringend, im Versuch, seine Atmung zu beruhigen, damit er wieder sprechen konnte, drückte er sich gegen mich. Es war eine Berührung von beinahe kindlicher Sehnsucht, wie wir so dasaßen, aneinander geklammert, mit immer ruhiger werdendem Atem. Minutenlang hielten wir uns in den Armen, sein Schwanz noch immer in mir, sein Duft auf meiner Haut. Ab und an traf ein sanfter Kuss meine Wange, meinen Hals oder meine Schulter, während er mich mit einer Hand zärtlich streichelte.

Plötzlich aber flüsterte er »Es tut mir leid.«

Ich zog meinen Kopf zurück und sah ihn verblüfft an. »Was tut dir leid?«

»Ich bin über dich hergefallen wie eine wilde Bestie. Und hab abgespritzt, bevor du was davon hattest.« In seiner Stimme lag ehrliches Bedauern.

»Also, ich bin ganz wunderbar gekommen«, erwiderte ich lächelnd. »Und außerdem musst du ja noch nicht gehen ...«

Ein scheues Schmunzeln umspielte seine Augen. »Nein. Ich habe Zeit.« Dann senkte er seine Lider und küsste mich leidenschaftlich. In meinem Unterleib spürte ich, wie sich sein Stamm wieder aufzurichten begann.

»Es ist nur so, dass ich schon so lange keine Frau mehr hatte.«

Ich schob meinen Zeigefinger unter seine Kinnspitze und gab ihm einen langen Kuss.

»Na, das haben wir ja jetzt geändert«, sagte ich leise in seinen geöffneten Mund, wobei ich meine Finger durch sein kurz geschorenes Haar gleiten ließ.

Sein ganzer Körper schien diesem Streicheln zu folgen, sich meiner Hand förmlich entgegenzubewegen. Es fühlte sich gut an, diesen großen, starken Mann wie ein Kind fest in meinen Armen zu halten. Und in mir kam seine Männlichkeit zu alter Größe. Er füllte mich herrlich aus und ich genoss es maßlos, ihn in mir zu spüren.

Da meine ganze Leidenschaft dem Blasen galt, wollte ich ihn nicht dort drinnen lassen, sondern löste mich vorsichtig aus Ivos Umarmung und glitt an ihm herab.

Da wir uns beide aber in einer sinnlich-trägen Stimmung befanden, beschloss ich, ihn in mein Schlafzimmer mitzunehmen. Also ergriff ich seine Hand und zog ihn mit mir.

Es gab nur zwei Männer, die bis jetzt das Privileg genossen hatten, mich in meinem Bett nehmen zu dürfen: George und Derek. Warum ich nun bei diesem Serben eine Ausnahme machte, wusste ich selbst nicht.

Ich dachte aber auch nicht weiter nach, sondern sah ihm nur zu, wie er sich auf die cremefarbenen Seidenlaken legte. Er bewegte sich vorsichtig hin und her, beinahe wie ein Tier, das einen Schlafplatz vorbereitet. Sein Schwanz lag steinhart auf seinem Bauch und erregte mich maßlos. Es war diese unersättliche Gier nach dem männlichen Körper, die mich meinen Beruf so genießen ließ. Und die Tatsache, dass ich meine Liebhaber nach eigenem Gusto frei wählen konnte. Eine der Bedingungen, die ich George zu Beginn unserer Beziehung gestellt hatte.

Und nun lag da dieser appetitliche Kerl in meinem Bett, den Ständer bis zum Platzen gespannt, die Eier dick und stramm. Das kurzgeschorene Haar schimmerte im gedimmten Licht und seine Augen blickten erwartungsvoll in meine Richtung.

Ich wusste, ihm gefiel, was er sah.

»In der Kaserne kennt man so vornehme Bettwäsche nicht«, erläuterte er mit einem beinahe amüsierten Unterton sein Verhalten.

»Gefällt sie dir?«

Er grinste breit. »Ein bisschen rutschig ist sie schon.« Er reckte und streckte sich, räkelte sich ein wenig, wobei ich Gelegenheit bekam, die kräftigen Muskelstränge zu beobachten, die unter seinem Fleisch verliefen.

»Gut, dann sollten wir zusehen, dass sie noch rutschiger werden.« Ich erwiderte sein breites Grinsen und kletterte neben ihn unter die Decke.

Er bewegte sich etwas hin und her, zog seine Hälfte der Decke unter sich heraus und breitete das Ganze über uns. Der Stoff war so leicht, dass ich, ohne Atemnot zu bekommen, bis zu seinem Unterleib herabrutschen konnte. Sein Ständer duftete nach meinem Saft und Sex.

Mit breiter Zunge leckte ich an seinem Schaft auf und ab, und wenn ich unten angelangt war, nahm ich seine festen Eier in meinen Mund und leckte sie mit meiner Zunge. Das immer schneller werdende Heben und Senken seines Bauches zeigte mir, dass diese Behandlung nicht ohne Folgen blieb. Und so nahm ich mit einem Ruck seinen ganzen Schwanz in mich auf und drückte ihn mit meiner Zunge gegen meinen Gaumen.

Ivo gab einen zischenden Laut von sich, als er die Luft scharf durch die Zähne sog.

»Oh Goooott … jaaaa …«, keuchte er und schon bewegte sich sein Unterleib in dem von mir vorgegebenen Rhythmus.

»Oh … du bist so geil … Schatz!« Es klang beinahe verblüfft und doch wusste ich, dass er es gerade maßlos genoss.

»Willst du meine Titten ficken, Baby?«, fragte ich an seinem glühenden Fleisch entlang.

»Ja, wenn ich darf …«

Für einen Offizier fand ich ihn merkwürdig zurückhaltend. Aber das gefiel mir. Ein Mann, der beinahe barst vor Gier und der sich doch zusammennahm, um die Frau nicht zu überrumpeln. Ich schob also die Decke beiseite, ließ ihn aus dem Bett steigen und nahm seinen Steifen zwischen meine

Brüste, die ich fest gegen seinen Ständer drückte.

Mit glasigen Augen starrte er auf das Schauspiel, das wir ihm jetzt boten. Sein Schwanz glitt durch meine Brüste und wurde bei jedem Austritt von meiner nassen Zunge empfangen. Ich schob meine Finger in meine Möse, benetzte sie mit meinem in Strömen fließenden Saft und strich diesen dann auf seinen Schaft. Ivo keuchte und stöhnte. Er stemmte seine Fäuste in die Hüften und benutzte meine Brüste ebenso schnell und geschickt, wie meine Möse.

Es war nur seiner Geschicklichkeit und Selbstbeherrschung zu verdanken, dass er zwischen meinen üppigen Hügeln blieb und sich so selbst in immer größere Ekstase zu stoßen vermochte. An den kleinen Lusttropfen, die sich auf seiner Eichel bildeten, und die meine Zungenspitze gierig entgegennahm, sah ich, dass er nicht mehr lange brauchen würde.

Ab und an schloss er die Augen, um sich auf das Gefühl zu konzentrieren, das ich ihm verschaffte. Da aber auch der Anblick seines Steifen zwischen meinen weißen Kissen ihn reizte, konnte er nicht lange so verharren.

»Oh, Gott ... du bist sooo ... guuuut«, stieß er hervor, erstarrte für einen Moment und schoss dann seine volle Ladung in mein Gesicht.

Ich konnte gerade noch den Mund öffnen, um seine pumpenden Ströme zu empfangen. Warm und würzig schoss sein Samen in meine Kehle. Wie konnte ein Mann nur derartig schnell solche Mengen frischen Samens produzieren, überlegte ich, während die Sahne träge aus meinen Mundwinkeln troff.

Sein Stöhnen noch in meinen Ohren, ließ ich meine Brüste los und er konnte sich neben mich setzen. Aufmerksam wie ein Musterschüler sah er mir dabei zu, wie ich den Samen in meine Haut rieb, zwischendurch meine Finger ableckte und dann weiterrieb. Impulsiv hielt ich meine benetzen Finger an seine Lippen und als er sie wenig öffnete, schob ich sie hinein.

Es war ein unglaubliches Gefühl, als seine Zunge sich an ihnen entlangzutasten schien und jede Spur seines eigenen Saftes ableckte. Ivo gab dabei leise, brummende Geräusche von sich, die unwahrscheinlich sexy klangen und geile Vibrationen direkt in meinem Unterleib auslösten.

Als er sich von meinen Fingern löste und seine Lippen auf meine presste, schmeckte ich jene Mischung aus Sex und Leidenschaft, wie ein süßes Gift, das sich in uns ausbreitete.

Ermattet sanken wir in die Laken zurück, und gerade so, als sei es die selbstverständlichste Sache der Welt, streckte er seinen Arm neben sich aus und ließ mich an seiner Brust kuscheln.

So fest an ihn gedrückt, seinen Duft atmend, dämmerte ich vor mich hin, bis ich schließlich – ganz unprofessionell – einschlief.

✳✳✳

Ich erwachte, als es im Zimmer bereits dunkel war. Nur eine kleine Lampe über einer Grafik brannte noch und verbreitete ein mattes Licht im Raum.

Ivo lag auf der Seite, seine Hand streichelte sacht meinen Oberarm und sein Blick ruhte auf mir. »Ich hab dich die ganze Zeit angesehen«, sagte er mit ernstem Ausdruck. »Du bist so wunderschön.« Es war eher eine erstaunte Feststellung als ein Kompliment, und so erübrigte es sich auch, dieses charmant von mir zu weisen.

Ich blieb einfach liegen und küsste sanft seine entblößte Brust, während seine Fingerkuppen über meine Haut strichen.

»Ich könnte für immer so liegen bleiben.«

»Ich auch«, ergänzte ich, ohne den Hauch einer professionellen Munkelei. Wollte ich doch nichts weiter, als in diesen

Augen zu versinken und mich in diesen Armen zu verlieren.

***

Selten hatte ich es so bedauert, dass ein Kunde ging, wie in jenem Moment, als er – wieder zurück in seiner perfekt sitzenden Uniform – mit einem leidenschaftlichen Kuss mein Apartment verließ.

Noch lange nachdem die Limousine vom Parkplatz gerollt war, und sich in den abendlichen Verkehr eingefädelt hatte, stand ich am Fenster und sah ihm hinterher. Ein seltsam melancholisches Gefühl erfasste mich bei dem Gedanken, dass ich einen Kunden nie mehr wiedersehen würde.

2. STILLES EINVERNEHMEN

Der Schneefall hatte innerhalb von einem Tag London zuerst in ein Wintermärchen verwandelt und dann in ein Schneechaos. Das Einzige, was noch reibungslos zu funktionieren schien, war das Telefon.

Ich hatte nicht schlafen können, sondern rauchend im Wohnzimmer gesessen und der Zeit beim Vorübergehen zugeschaut. Die Lichter der Stadt und der weiße Schnee hatten den Raum mit genug Helligkeit erfüllt, dass ich alles sehen und mich in den Anblick meines Gartens vertiefen konnte, dessen Umrisse mittlerweile von einer dicken Schneedecke unkenntlich gemacht worden waren.

Da ich normalerweise keine Anrufe mitten in der Nacht erhielt, zuckte ich heftig zusammen, als es plötzlich neben mir läutete. Mein Herz begann augenblicklich wild zu pochen und kalter Schweiß brach aus meinen Poren. Nächtliche Anrufe bedeuten nur sehr selten Gutes und so rechnete ich augenblicklich mit einer Hiobsbotschaft. Meine Gedanken rasten an den Reihen jener Menschen vorbei, die mir lieb und wichtig waren. In Sekundenbruchteilen ordnete ich die unterschiedlichsten Überlegungen, wer einen Unfall gehabt haben könnte.

Mit bebender Hand nahm ich den Anruf entgegen. Ich wusste, meine Stimme würde unsicher klingen und so sagte ich nur »Ja?«

»Miss Hunter.« Es war eine Feststellung.

»Master Alexander möchte morgen mit Ihnen um dreizehn Uhr im *La Calèche* speisen. Sie haben Zeit?«

Die Stimme kam mir seltsam bekannt vor, und in Zusammenhang mit Alexander, war mir augenblicklich klar, wer mich da zu nachtschlafender Zeit anrief, um mir eine Lunch-Einladung zu überbringen. Und ich war mir ebenso sicher, dass diese Dame den Gedanken maßlos genoss, mich aus dem Tiefschlaf gerissen zu haben. Dennoch war es meine spontane Erleichterung, dass niemandem ein Unglück widerfahren war, die mich beinahe heiter »Ja« antworten ließ.

»Gut. Der Master erwartet Sie!«

Ich legte auf.

Alexander … Der Fürst der Finsternis! Unter all meinen exzentrischen Kunden nahm er mit Sicherheit eine Spitzenposition ein. Groß, mit trainiertem Körper und rabenschwarzem Haar bis zu seinem Hintern, lebte er mit seiner Dienerin oder Sklavin, in einer alten Villa in Highgate.

Diese Villa war etwas ganz Besonderes. Betrat man sie, so hatte man das Gefühl, sich im neunzehnten Jahrhundert zu befinden. Durchschritt man aber eine bestimmte Tür im Obergeschoss, entstieg man scheinbar einer Zeitmaschine, die einen direkt ins Mittelalter versetzte.

Alexander war ein imposanter Mann, beeindruckend in jeder

Hinsicht. Geistreich, sexy. Und er tat aus Prinzip nie das, was man von ihm erwartete. Seine erotische Vorliebe bestand in ausgeprägten BDSM-Praktiken, bei denen ich ihm aber gleich bei meinem ersten Besuch einen herben Schlag verpasste, als ich mich weigerte, eine Auspeitschung vorzunehmen. Scheinbar von meiner Ablehnung beeindruckt, entwickelte er eine gewisse Sympathie für mich, die durchaus auf Gegenseitigkeit beruhte.

Ich entschied, mich für unser Essen nicht ganz so extravagant zu kleiden, sondern eher damenhafte Eleganz an den Tag zu legen und wählte ein cremefarbenes Shiftkleid mit einer imposanten Brosche an der Schulter. Es hatte Dreiviertelärmel und einen kleinen Gehschlitz hinten. Dazu gab es einen passenden Mantel mit einem kleinen Pelzkragen, der perfekt zu dem herrschenden Wetter passte. So ergab ich das perfekte Abbild damenhafter Eleganz.

Als ich mich nun vor meinem großen Spiegel betrachtete, musste ich schmunzeln, denn meine Wahl war ein kleiner frecher Stich gegen Alexander, der schwarzes Leder und Latex bevorzugte.

∗∗∗

Dass dies von Erfolg gekrönt war, erkannte ich, als man mich an seinen Tisch im *La Calèche* führte und ich sah, wie sein dezentes Lächeln ein wenig in Schieflage kam, als seine Augen an mir auf und ab wanderten.

Sein langes, rabenschwarzes Haar hatte er streng zurückgekämmt und hinten zu einem langen Pferdeschwanz zusammengenommen. Im ersten Moment war ich erschrocken, denn ich hatte befürchtet, er habe es abgeschnitten.

Nie zuvor hatte ich ihn außerhalb seiner Villa gesehen, und es kam jetzt einem kleinen Kulturschock gleich, als er – aus seiner mittelalterlichen Burg entstiegen – sich unter normale Menschen begab.

Dennoch schien er jene Aura zu haben, die ihn so faszinierend machte. Sie umgab ihn, wie ein Kokon. Und so verwunderte es mich auch nicht, dass er sich jetzt, anstatt mir die Hand zu geben oder mich auf die Wangen zu küssen, lediglich leicht verbeugte.

»Wie schön, dass du die Zeit gefunden hast, mich zu treffen.« Sein Lächeln glich dem eines Raubtieres, das bemüht war, sein Opfer in Sicherheit zu wiegen. Er deutete auf den Stuhl, der seinem gegenüber stand und ich setzte mich, nachdem der Kellner ihn etwas zurückgezogen hatte.

»Eine Einladung von dir kann man nicht ausschlagen«, erwiderte ich mit süffisantem Lächeln.

Wir wählten unsere Speisen und den Wein.

»Ich hörte, du hattest eine nicht ganz einfache Zeit …«, sagte Alexander.

Mein Magen krampfte sich schmerzhaft zusammen. Jays wundervolles Gesicht tauchte aus dem Nebel meiner Erinnerungen auf. Die wallenden blonden Locken … Plötzlich fürchtete ich, keinen Bissen mehr runterzukriegen, denn heiße Tränen stiegen in meinen Augen auf. Innerlich fluchend, wunderte ich mich, dass ich ausgerechnet jetzt und hier die Fassung zu verlieren drohte.

Sein Blick bohrte sich stechend in mich hinein. Doch dann legte er plötzlich seine Hand auf meine. Ich zuckte leicht zusammen ob der unerwarteten Nähe und der sanften Wärme.

»Es tut mir leid«, sagte er leise und ich wusste, dass er es ehrlich und aufrichtig meinte. Doch gerade diese Erkenntnis förderte meine Selbstbeherrschung nicht gerade. Also biss ich schmerzhaft auf meine Unterlippe.

»Und wie ist es dir so ergangen?«, sagte ich in etwas aufgesetztem Plauderton.

»Nun, ich kann nicht klagen.« Alexander reckte sich etwas, lehnte sich dann zurück und drehte mit ausgestrecktem Arm sein Glas um dessen eigene Achse.

»Ich habe es etwas vermisst … dich zu ficken.«

»Das lässt sich ändern«, erwiderte ich mit Blick auf sein perfekt geschnittenes Gesicht, das in den Katalog jedes erstklassigen Herrenausstatters gepasst hätte.

»Wir könnten nach dem Essen einen Drink bei mir nehmen«, schlug er vor.

Ich war alles andere als abgeneigt. Gerade wollte ich zustimmen, als der Kellner mit dem ersten Gang kam. Er stellte unsere Teller elegant und mit einem kleinen Schwung vor uns ab und wünschte »Bon Appetit!«

Es war Alexander, der den Mann zuerst bemerkte, der an unseren Tisch getreten war und stumm auf uns niederblickte, als sei er ein Soldat, der darauf wartet, dass ihm sein Vorgesetzter seine Aufmerksamkeit schenkt.

Alexander senkte die Gabel und schaute hoch.

Derek!

Groß gewachsen. Viel zu dünn und mit wirren dunkelbraunen Locken, die bis auf seine Schultern fielen. Sein Aufzug, blaue Jeans, weißes Hemd und schwarzes Jackett, passten nicht in die vornehme Umgebung des »*La Calèche*«. Er wirkte wie ein Bohemien, den man nur versehentlich eingelassen hatte.

»Ich habe ihm gesagt, dass ich dein Gast bin«, sagte Derek, Alexander ignorierend und gleichzeitig voraussetzend, dass ich wusste, von wem er sprach.

Alexander sah mich fragend an. Aber es war ein gespielter Gesichtsausdruck.

»Derek McLeod …«, sagte ich.

Alexander nickte und übernahm seine eigene Vorstellung.

Er streckte Derek seine Hand hin und sagte: »Alexander ...«

Ein kleines Zögern, dann ergriff Derek die Hand.

Ohne Zweifel – Derek hatte getrunken. Die wächserne Blässe in seinem Gesicht und der glasige Schimmer in seinen Augen sprachen Bände. Es ging ihm nicht gut. Aber was mich hätte beunruhigen sollen, hinterließ eine gewisse Zufriedenheit in mir. Ein glücklicher, werdender Vater und künftiger Ehemann sollte in meinen Augen anders aussehen.

»Hast du ihn schon gefickt oder kommt das erst noch?«, versetzte Derek bissig.

Gelassen schwieg ich. Nicht gewillt, meinem verflossenen Liebhaber eine Steilvorlage zu bieten, um einen deftigen Streit in meinem Lieblingslokal vom Zaun zu brechen.

Alexander hingegen rettete die Situation in einer vollkommen unerwarteten Weise. »Willst du dich nicht zu uns setzen?«, fragte er in umgänglichem Ton.

Ohne auch nur eine Sekunde zu zögern, setzte Derek sich direkt neben mich. Wobei er noch seinen Stuhl gegen meinen rückte. Mit einer solchen Machtdemonstration hatte ich nicht gerechnet.

Verblüfft schwebte meine Gabel über dem Salat. Zu gern hätte ich in diesem Moment gewusst, ob Alexander sich gerade prächtig amüsierte oder zu einem vernichtenden Schlag ansetzte.

Er blickte auf seinen Teller und aß seelenruhig weiter. Plötzlich aber sagte er: »Du kannst sie ruhig anfassen ...«

Jetzt kam ich mir wirklich wie sein Besitz vor. Glühende Röte stieg in meinem Gesicht auf und ich sehnte mich nach einem Glas eiskalten Wassers. Aus den Augenwinkeln bemerkte ich das leicht amüsierte Lächeln in seinem Gesicht und es ärgerte mich. Alexander schien ständig alle Fäden in der Hand zu halten und es kam ihm nicht einmal in den Sinn, dass das mal nicht so sein könnte.

Dennoch war mir klar, dass Derek, allein schon aus Prinzip, nicht auf diese Aufforderung eingehen würde. Und tatsächlich ergriff er lediglich die Karte, die der Kellner eilends herangebracht hatte, und studierte lustlos die fein geschwungenen Zeilen.

***

Das Essen verlief in tiefem Schweigen. Als wir den Espresso genommen hatten, legte Alexander seine schwarze Kreditkarte auf den Silberteller und reckte sich ein wenig. Unter seinen nach oben gerutschten Ärmeln sah ich das Spiel seiner Muskeln. Die prallen Adern, die sich unter seiner weißen Haut schlängelten. Ein Kribbeln ging durch meinen Unterleib. Nur zu lebendig waren die Erinnerungen, was diese Arme mit einem tun konnten, in welche Dimensionen diese Hände einen befördern konnten.

»Ich würde vorschlagen, wir begeben uns auf einen verfrühten Absacker zu mir.« Damit erhob er sich.

Der Kellner brachte unsere Mäntel und wir verließen zu dritt das »*La Calèche*«.

Dass Derek uns begleitete, ohne wirklich eingeladen zu sein, bestätigte meine Ahnung, dass ein stilles Einvernehmen zwischen beiden Männern herrschte. Und dieses Einvernehmen intensivierte im gleichen Moment meine Lust.

Wir stiegen in Alexanders Wagen und sein Chauffeur brachte uns zu seiner Villa in Highgate.

***

Er brauchte noch nicht einmal den Türklopfer zu betätigen, als bereits geöffnet wurde. Seine stets servile Dienerin hatte uns offensichtlich erwartet. Sie trug ein bodenlanges Kleid in einem dunklen Flaschengrün und ihr Haar floss in seidigen Wellen bis über ihren Po. Dass es noch die Gleiche war, wie bei meinen letzten Besuchen hier, erfreute mich. Also gab es doch eine Eigenschaft, die einen kleinen Bruch in Alexanders scheinbar angeborenem Einzelgängertum darstellte.

Wie ein Grüppchen Touristen bei der Schlossführung folgten wir drei der Dienerin, die es sich nicht nehmen ließ, bei jeder Stufe mit ihrem sexy Hinterteil zu wackeln. Ich fand es ein wenig albern, aber auf die Männer machte es sicherlich Eindruck. Offensichtlich schwankte sie in ihrer Rolle zwischen Sklavin und Hausdame.

Wir passierten jenes überwältigend schöne Fenster mit den funkelnden Jugendstilmotiven, dessen bunte Lichter auf die Treppen fielen.

Meine eigene Ruhe, als wir jenen dunklen Gang betraten, der uns in die Mittelalterabteilung führen sollte, kam daher, dass ich mich hier bereits auskannte. Dereks Ruhe hingegen hatte ihren Ursprung im Alkohol, dem er zugesprochen hatte. Ich fragte mich, in welche Richtung nicht nur seine Beziehung zu Laura lief, sondern auch jene, die ihn mit mir verbinden mochte. Ich wischte den Hauch von Genugtuung energisch beiseite und sagte mir selbst klipp und klar, dass ich ihn nicht liebte. Lediglich das Schicksal hatte mich in jenem Moment an seine Seite gestellt, da er am verletzlichsten war. Hatte mich zu einer Art Schutzschild seiner Seele gemacht. Dass die Wochen danach nicht einmal mehr einen Anruf, geschweige denn ein Treffen, erbracht hatten, bestätigte mich in der eher pessimistischen Einschätzung, was meine bleibende Bedeutung für ihn betraf. Und auch jetzt war er mit Sicherheit weniger aus tiefer Liebe oder Zuneigung bei mir, als vielmehr, weil er Lust auf einen guten Fick hatte. Es versetzte mir einen Stich, dies zu erkennen, doch es bestätigte mich auch in der Überzeugung, dass eine Frau wie ich nicht anders in den Plänen eines Mannes vorkam, denn als Gespielin. Als Möglichkeit, seine Fantasien in die Wirklichkeit umzusetzen. Dinge mit mir zu tun, die er seiner Partnerin niemals auch nur erzählt hätte.

Eine schwere Holztür wurde geöffnet und gab den Blick frei ins Mittelalter. Ich kannte auch diesen Raum bereits und so versetzte mich die perfekte Inszenierung der Vergangenheit nicht mehr in Staunen, wie sie es noch beim ersten Mal getan hatte. Dennoch genoss ich den Anblick des schweren Tisches und der Stühle, des Strohs am Boden und des gewaltigen offenen Kamins, der behagliche Wärme abgab, wenn man den nötigen Abstand zu den lodernden Flammen hielt.

Derek zog sein Jackett aus und warf es achtlos auf eine wuchtige Bank. Die Dienerin verschwand und kehrte kurz darauf mit einem tönernen Krug und drei Bechern zurück. Es war schwerer Wein, den man mit verschiedenen Gewürzen versetzt hatte. Es roch gewöhnungsbedürftig und ich hätte zweifellos in diesem Moment ein Glas Sherry oder einen Whiskey vorgezogen. Dennoch hatte ich das Gefühl, ich müsste jene seltsame innere Anspannung auflösen, die Derek in mir hervorgerufen hatte. Ich musste jene professionelle Distanz wiederherstellen, die es mir erlaubte, in ihm nicht mehr zu sehen, als einen Mann, der jetzt gleich mit uns vögeln würde.

Wir nippten an dem Wein und Derek kramte eine zerdrückte Zigarettenschachtel aus seiner sehr engen Hosentasche.

Wortlos schob Alexander ihm eine kleine getöpferte Schale hin. Er hatte sich auf einen Sessel gesetzt, der aufgrund seiner Größe und der üppigen Schnitzereien, für den Burgherrn gedacht zu sein schien. Seine langen Beine lagen auf einem Schemel, vor den sich die Dienerin kniete. Als sie sich vorbeugte, rutschte ihr Haar nach vorn und bedeckte wie ein Vorhang ihr Gesicht, sodass man nur erahnen konnte, dass sie Alexanders Stiefel erst ableckte, bevor sie die Schnüre löste und ihm auszog.

Derek stand. Er hatte die Schulter an die raue Wand gelehnt und beobachtete die Szene. »Ist sie auch zum Ficken?«, versetzte er kalt.

Alexander sah ihn lange an. »Willst du sie haben?«

Derek zuckte mit den Schultern und schüttelte dann den Kopf. Woher kam nur das Gefühl merkwürdiger Befriedigung, das mich in jenem Moment erfasste? Die warme Woge, die durch meinen Magen rollte? Ich bekämpfte sie mit einem weiteren Schluck Wein, der mir augenblicklich in den Kopf schoss und dort eine seltsame Taubheit erzeugte. Einen flüchtigen Moment lang überlegte ich, ob Alexander vielleicht irgendetwas hineingegeben haben mochte …

»Zieh sie aus!«

Diese Aufforderung ging an Derek, der ohne zu zögern seine Zigarette in der Schale ausdrückte und zu mir herüberkam. Mit energischen, ja beinahe ruppigen, Griffen öffnete er mein Kleid und ließ es ins Stroh gleiten.

Ich sah eine merkwürdige Anstrengung in seinen Zügen, eine Spannung in seinen Blicken, als ich nun in BH, Slip und halterlosen Strümpfen vor ihm stand. Er trat einen Schritt zurück, als wolle er Alexander ermöglichen, mich ebenfalls zu sehen.

Dieser aber erhob sich plötzlich, war mit wenigen Schritten bei mir und sagte: »Weißt du nicht, wie man eine solche Frau auszieht?« Im gleichen Moment hakten sich seine kräftigen Hände in meine BH-Körbchen und rissen sie mit Macht auseinander.

Ich erschrak, als der Stoff zerriss und als Nichts zu Boden fiel. Meine Brüste röteten sich ob des rücksichtslosen Umgangs mit ihnen.

Dereks Atem ging schwerer.

»So. Und jetzt ihren Slip!«, kommandierte Alexander.

Derek packte ihn seitlich und eine Sekunde später trug ich nur noch die Strümpfe und die Highheels.

Alexandder legte seine Finger an meine Nippel, drückte sie zwischen seinen Fingerkuppen und brachte sie so dazu, sich noch mehr zu verhärten. Er war nicht zimperlich dabei und ich saugte den Atem zischend durch die Zähne. Heiße Glut rann meinen Rücken herab, als er seine Hand brutal zwischen meine Schamlippen rammte und augenblicklich in meine Lustgrotte eintauchte.

»Sie ist nass. Sie ist geil. Sie will gefickt werden!«, stellte er fest. Er füllte mich so heftig aus, dass noch mehr meines Mösensaftes aus mir herausfloss.

»Komm her … fass sie an!«

Ich stöhnte auf, als die zweite Hand begann, sich an meiner Möse zu schaffen zu machen.

Alexander überließ Dereks Fingern mein Loch, während er hart das Fleisch oberhalb meiner Lustkirsche packte und massierte. So standen die beiden nebeneinander und bearbeiteten mich. Es war eigentlich lediglich der Versuch, etwas Halt zu finden, der dazu führte, dass ich meine Arme auf ihre Schultern legte und so die Männer einander noch näher kommen ließ.

Alexander aber sah Derek an, schob sein Gesicht näher an ihn heran und presste sodann seine Lippen auf jene des Mannes neben ihm. Ein unkontrollierter Aufschrei drang aus meinem Mund, denn im gleichen Moment, da Alexanders Zunge sich Zugang zu Dereks Mund verschaffte, stieß dieser seine Finger bis zum Anschlag in mein Loch. Es dauerte nur wenige Atemzüge, dann wichste Derek mich mit einer Intensität, die ich bei ihm noch nie erlebt hatte, während er sich gleichzeitig dem hemmungslosen Kuss seines Gespielen hingab.

Der Anblick erregte mich über alle Maßen. Ich drängte meinen nackten Körper gegen die beiden. Als Alexander meine Brüste spürte, löste er sich von Derek und presste seine Lippen auf meine. Seine Zunge trug Dereks Geschmack in meinen Mund. Die Köpfe nun dicht beisammen, wechselten wir wieder und wieder die Lippen und Zungen, bis wir uns völlig einander hingaben. Ich hatte dabei kaum bemerkt, dass beide Männer sich mittlerweile ausgezogen hatten. Erst der Blick nach unten auf ihre hoch aufgerichteten Schäfte, brachte mich in die Wirklichkeit dieser Umarmung zurück. Meine Hände wanderten ihnen entgegen und ich umklammerte beide fest.

Dereks Aufstöhnen raste bis in meine Venen. Ohne zu zögern, begann ich, beide heftig zu reiben. Es gelüstete mich nach diesen prallen, heißen Schwänzen und so ging ich, mich ihren widerstrebenden Griffen entwindend, in die Hocke. Ich presste meine Lippen fest zusammen und setzte Dereks Eichel an meinen Mund. Seine Lusttröpfchen schmolzen bereits auf meiner Zunge, noch bevor ich ihn durch diesen engen Zugang nach innen gedrückt hatte. Meine Lippen schoben seine Vorhaut zurück. Ich nahm ihn so tief in mich auf, dass ich das Gefühl hatte, er müsste im nächsten Moment in meine Kehle eindringen. Sein Unterleib nahm meine Bewegungen auf und intensivierte so jenen Druck, den sein Schwanz in meinem Mund auslöste. Dereks Eier wurden stramm. Da er kurz vor dem Abschuss war, musste ich ihn loslassen und mich stattdessen jenem anderen Schaft widmen, der ungeduldig vor meinem Gesicht pochte. So unterließ ich es, Derek zu wichsen, denn ich wollte seinen Höhepunkt noch ein wenig hinauszögern. Kurz entschlossen kniete er sich hinter mich, teilte meine Backen und ließ seine Zunge über meine Rosette wandern.

Ich blickte zu Alexander hoch. Er hatte die Fäuste gegen die Hüften gestemmt und beobachtete Derek. Sein Haar hatte sich aus dem Zopf gelöst und floss nun um seine perfekt gestählten Armmuskeln. Sein harter Bauch hob und senkte sich gleichmäßig, wenn auch etwas schneller als gewöhnlich.

Mit Alexanders Schwanz im Mund genoss ich diesen Anblick, während Derek mich zusätzlich in einen Taumel trieb, indem er meine Rosette mit seiner Zunge schnell und hart penetrierte. Das Keuchen entrang sich meiner Kehle so plötzlich, dass ich Alexanders Schwanz entgleiten ließ. Im gleichen Moment packte er meinen Hinterkopf und rammte seinen Harten tief in meine Kehle. Ich würgte reflexartig, versuchte, meinen Kopf zurückzuziehen. Doch er hatte mich wie in einen Schraubstock gepresst. Es gab keinen Millimeter, den ich hätte entweichen können. Und statt meinen Ausweichversuchen zu entsprechen, beugte Alexander sich noch ein Stück weiter nach vorn, schien förmlich auszuholen und stieß abermals zu.

Von Panik erfasst, konnte ich nicht mehr richtig atmen, röchelte und drückte, in einem letzten, beinahe verzweifelten Versuch, mich seinen Stößen zu entwinden, die Hände flach gegen seine Oberschenkel. Doch es war sinnlos. Alexander war mir in jeder Hinsicht überlegen. So blieb mir nichts anderes übrig, als mich auf meinen Atem zu konzentrieren und einfach nur stillzuhalten, während er meinen Mund als Mösenersatz benutzte. Tränen der Anstrengung liefen aus meinen Augen. Ich schien in einem Meer zu schwimmen, ohne jede Aussicht auf Rettung.

Er pfählte meine Kehle.

Doch mitten in diesem Meer aus Hilflosigkeit spürte ich etwas anderes, etwas Neues … Als hebe mich eine gewaltige Faust empor, weit über die tosenden Wellen dieses Ozeans. Und der Druck dieser Faust setzte sich machtvoll in meinem Unterleib fort. Ein Teil von mir rang noch immer mit dem harten Schwanz in meinem Schlund, während der andere zu einem Orgasmus emporgeschleudert wurde, der nichts mehr gemein hatte mit jenem Krampfen und Pochen, das ich normalerweise verspürte.

Erschrocken bemerkte ich die in der Wirklichkeit befindliche Seite meines Körpers, dass etwas aus mir herausspritzte. Voller Scham, die Kontrolle über meine Blase verloren zu haben, hörte ich Dereks Stimme erst, als sie zu brechen schien.

»Oh, mein Gott!«, ächzte er, die Hände um meine Oberschenkel klammernd.

Ich blickte zu dem grinsenden Alexander auf. »Sie spritzt ab, meine kleine, geile Sau!«, sagte er, als wollte er sowohl mir als auch Derek erläutern, was da gerade zwischen meinen Beinen geschah. Im gleichen Moment entzog er mir seinen Schwanz. Ich kippte nach vorn und Speichel floss aus meinen Mundwinkeln.

»Lass deinen Mund auf!«, herrschte er mich an, während ich mein Kinn abzuwischen versuchte. Sofort öffnete ich ihn wieder.

»Streck deine Zunge raus, Weib!«

Ein heißes Beben lief durch mich hindurch. Ich unterwarf mich zum ersten Mal dem Willen eines Mannes in einer solchen Art und Weise. Mein Körper schien sich in reine Lust zu verwandeln, allein geleitet von jener harschen Stimme, die mich befehligte. Meine Augen schienen noch besser zu sehen als gewöhnlich, meine Sinne waren in einer Art geschärft, die mich vollkommen gefangen nahm. Ich sah jede noch so feine Pore, jede noch so winzige Falte in der Haut seines Ständers, den er jetzt umfasst hielt und genau vor meinem Gesicht heftig zu reiben begann.

»Ich werde meine ganze Ladung in deinen Mund jagen. Und weiter noch … Ich schieße sie bis in deinen verdammten, gierigen Schlund!«

Meine Blicke wanderten zwischen seinem Harten und seinem Gesicht hin und her, unfähig zu entscheiden, wo sie ruhen sollten.

»Fick sie endlich in den Arsch!«, donnerte er in Dereks Richtung, den ich kaum noch wahrzunehmen in der Lage war. Erst, als sein Schwanz in meine enge Röhre eindrang, spürte ich jenes unglaubliche Ausgefülltsein, das es so nur in meinem Hintern gab. Ruhig und gleichmäßig benutzte er meinen Po, drang in mich ein, nur um sich gleich darauf komplett aus mir zurückzuziehen, neu anzusetzen und mich abermals zu penetrieren. Auf diese Weise sandte er geile Wogen durch mein Fleisch.

Als ich Alexanders Sperma auf meiner Zunge schmeckte, war ich bereits am Rande des Zusammenbruchs. Mein Körper war vollkommen entkräftet. Ich bohrte meine Nägel so tief in sein Fleisch, dass ich spürte, wie es darunter nachzugeben begann. Mit jedem Stoß in meinen Hintern rutschten sie ein wenig ab. Und wo ich zuerst nur rote Striemen hinterlassen hatte, begann nun Blut zu fließen. Alexander aber genoss ganz offensichtlich den für ihn sicherlich nur mäßigen Schmerz. Und er genoss den Anblick seines eigenen Blutes. Ich sah es an jenem beinahe glasigen Leuchten in seinen Augen, das den Fluss seines Samens in meinen Mund begleitete.

»Leck es ab, Schlampe!«, befahl er mir und ohne auch nur für den Bruchteil einer Sekunde nachzudenken, folgte ich ihm. Und ungeachtet der Tatsache, dass Derek sich gerade tief in meinem Inneren austobte, packte Alexander meine Arme und zerrte mich brutal auf die Beine. Sie gaben augenblicklich nach und ich sackte ein Stück herunter.

»Steh auf, verflucht nochmal!«, zischte er und riss mich hoch.

Ehe ich mich versah, wurde ich, von zwei stählernen Armen fest umschlossen, gegen seine Brust gedrückt und seine Lippen pressten sich auf meine. Es war der merkwürdigste Kuss, den ich je bekommen hatte, denn er schien meinen Mund auszulecken. Seine Zunge tauchte hinter meine Zahnreihen, rieb über die Wangeninnenseite und wanderte sogar um mein Zungenbändchen. Sein rabenschwarzes Haar umfloss mich wie ein Vorhang, der mich von meiner Umwelt zu trennen schien. Dann aber gab er mich frei, trat einen Schritt zurück und betrachtete meinen um Fassung ringenden Körper.

»Ich bin fertig mit ihr«, erklärte er. »Du kannst sie jetzt haben.« Seine Stimme war ruhig und fest.

Erschöpft an Körper und Geist wandte ich mich zu Derek um. Er stand da … Groß und schmal. Seine Augen schienen zu groß in seinem bleichen Gesicht. Mit einem Mal sah ich den Ausdruck von Schmerz und Qual in ihnen, der nicht zu jener Lust passte, die uns alle mit sich gerissen hatte. Für einen Moment rechnete ich damit, dass er sich zurückziehen würde. Eine ungewisse Furcht erfasste mich. Als habe Alexanders Vorgehen mich zu einer durchlässigen Oberfläche gemacht, schutzlos, ausgeliefert allen Gefühlen, allen Empfindungen gegenüber. Ich fühlte mich, als habe er mich lebendig gehäutet.

Und Derek, der dies zu spüren schien, trat an mich heran, legte seine Arme um mich und hielt mich fest. Sein Gesicht barg sich in meinem Haar. Sein Atem strömte gegen die Seite meines Halses.

Müde schloss ich die Lider, hinter denen sich Tränen zu sammeln begannen. Sanft streichelnd bewegten seine Hände sich über meinen glühenden Rücken. Ein Gefühl tiefster Geborgenheit erfasste mich. Meine Schultern nach vorn ziehend drängte ich mich immer weiter in seine Umarmung, in seinen Schutz. Eine Sehnsucht, die ich in ihrer Intensität nicht verstand, ließ mich mein Gesicht ihm zuwenden und meine Lippen sich öffnen.

Derek hatte die Bewegung bemerkt und begann sanft, meinen Kuss zu erwidern. Seine Lippen waren warm und weich. Sein Atem strömte gleichmäßig in meinen Mund. Und erst, als er seinen Kopf immer schneller bewegte, seine Zunge immer stürmischer in mir zu agieren begann, öffnete ich mich ihm.

Ich hob ein Bein an, schlang es um ihn, fasste seinen Schwanz und drückte ihn in meine Lusthöhle. Den Kuss nicht für einen Moment unterbrechend, pumpte er mit der Regelmäßigkeit einer Maschine in meinen Unterleib. Sein Oberkörper rieb sich an meinem. Meine Brustwarzen waren hart und empfindsam. Seine Bewegungen nur für einen Moment unterbrechend, ließ er mich zu Boden ins Stroh gleiten.

Ich öffnete meine Schenkel noch weiter und blickte in jene wundervollen olivgrünen Augen, die mich in all meinen Träumen begleiteten. Betrachtete die vollen Lippen, die schmale Nase … Eine Flamme glühte in mir, die nichts und niemand jemals zu löschen in der Lage sein würde. Ich gab mich dem sanften Pulsieren hin, das sein Schwanz in mir auslöste und wartete auf jenen Moment, wenn er, den Kopf in den Nacken gelegt, in mir kommen würde.

All meine Empfindungen galten nur ihm. Dieser warmen

Haut, die sich an mich schmiegte. Jenen Händen, die meine Brüste massierten, jenen Lippen, die sich von Zeit zu Zeit auf meine legten. Es existierte keine mittelalterliche Burg mehr, kein Alexander, kein George. Die Welt schien sich in einen dichten Nebel zurückgezogen zu haben. Es gab nur noch Derek und mich. All mein Sehnen, all mein Verlangen war am Ziel angekommen.

Doch als er sich in mich verströmte, stöhnte er nicht. Lediglich ein leises Seufzen war zu hören, während seine Blicke mein Gesicht fixiert hielten. Die Ekstase, der er sich hingab, war nur an seinen Augen ablesbar. Und mit dem letzten Stoß in meinen Körper schloss er seine Lider in einer Mischung aus Erschöpfung und süßer Qual.

***

Derek war längst gegangen. Wortlos hatte er seine Sachen zusammengesucht und sich angezogen. Grußlos hatte er den Raum verlassen.

Alexander war wieder in seine Hosen geschlüpft und auch ich hatte es nicht mehr nackt ausgehalten. Müde und ausgelaugt hatte ich mich auf die hölzerne Bank gesetzt und mir eine Zigarette angezündet. Alexander schenkte etwas in einen der Becher und reichte ihn mir.

»Kein Alkohol. Danke«, sagte ich matt.

»Ist nur Wasser«, sagte er freundlich und ich leerte den Becher in einem Zug. Meine Kehle war wie ausgetrocknet.

»Er liebt dich«, stellte Alexander so ruhig fest, als habe er lediglich das herrschende Wetter kommentiert.

Ein kurzer Blick in den leeren Becher und ich stellte ihn kopfschüttelnd beiseite. »Quatsch«, sagte ich mit gepressterer Stimme als ich beabsichtigt hatte.

Alexander grinste wortlos.

»Er hat eine andere. Er wird sie heiraten. Sie bekommt ein Kind von ihm.« Damit hatte ich alles, was mein Leben in den letzten Wochen in einen solchen Ausnahmezustand versetzt hatte, in drei dürre Sätze verpackt.

Alexander stand noch immer ruhig in der Mitte des Raumes. Hatte ich gehofft, er werde sich als *Deus Ex Machina* erweisen, und all meine Bedenken mit einem Satz wegwischen, so hatte ich mich getäuscht.

»Wer ist sie?«

»Die Tochter des Lordrichters.«

Er nickte. Ich versuchte, in seiner Miene zu lesen, ob er sie womöglich kannte. Doch seine Züge waren ausdruckslos und schön wie immer. »Sie hat seinen Arsch gerettet, wie?«

Ich nickte und versuchte, tapfer dreinzuschauen.

»Tut er es aus Dankbarkeit?«

»Nein«, versetzte ich entschieden. »Nein, er liebt sie. Sie waren schon vorher zusammen.«

»Wusstest du davon?«

Jetzt musste ich meinen Kopf senken, denn ich würde seinen forschenden Blicken nicht standhalten.

»Du hattest keine Ahnung, dass er eine andere fickt. Und mehr noch … Dass er ihr ein Kind macht …«

Ich schloss meine Augen, um den Schmerz zu ertragen, den jenes schlichte Aussprechen der Tatsachen in mir auslöste.

»Willst du ihn mit ihr teilen oder willst du ihn ihr wegnehmen?«

»Weder noch«, sagte ich leise.

»Du kannst beides.«

»Ich werde weder das eine noch das andere tun«, wiederholte ich. Ärger stieg in mir auf.

»Spielst du die Moralische oder gibst du einfach nur kampflos auf?« Da war er wieder, jener überhebliche Alexander, der mich mit ein, zwei wohlgesetzten Phrasen auf die Palme bringen konnte.

»Ich gebe nicht kampflos auf. Aber ich habe auch nicht vor, sein Glück zu zerstören.«

Lachend warf er den Kopf in den Nacken. Sein Haar rauschte über seinen Rücken und er trat kopfschüttelnd ans Fenster. »Emma … *Heilige Emma* sollte ich wohl eher sagen. Deine Show hier könnte aus ›Casablanca‹ stammen.« Er stieß die Luft schnaubend durch die Nase. »Nun gut. Wenn du beschlossen hast, die Märtyrerin zu spielen und dich selbst auf dem Altar der Selbstlosigkeit zu opfern, will ich dich nicht beeinflussen. Du wirst dir so lange in dieser Rolle ebenso gefallen wie leidtun, bis du begreifst, was du da zerschlagen hast … Das ist lächerlich!«

Die Tür öffnete sich und die Dienerin trat ein. Vor ihm niederkniend, schob sie die Stiefel über seine Füße, erhob sich wieder und wartete, bis Alexander an ihr vorbeigegangen war und den Raum verlassen hatte.

3. ZEIT FÜR EINEN NEUANFANG

Alexanders Worte lauerten in meinem Herzen wie wilde Hunde. Wieder und wieder liefen sie in einer Art Endlosschleife durch meinen Kopf.

Heilige Emma – bis du begreifst, was du da zerschlagen hast …

Tief in mir wusste ich, dass er recht hatte. Und dennoch sagte mir mein Verstand, dass ich jenen Gefühlen niemals nachgeben durfte, die mich so machtvoll vor sich hertrieben. Es konnte, es durfte, Derek nicht für mich geben. Würde ich nur einen Schritt zu weit in seine Richtung tun, würde ich uns beide vernichten. Der Schmerz, den diese Erkenntnis in mir hervorrief, diesen Schmerz musste ich niederringen. Musste ihn aus meinem Herzen reißen.

Ich wanderte sinnlos durch meinen Tag. Beobachtete die Menschen vor meinem Fenster, wie sie durch den Schnee stapften. Die dicken Schneekissen, die von den dürren Ästen rutschten und mit dumpfem Ton zu Boden fielen.

Als ich meinen Computer einschaltete, um mein E-Mail-Postfach durchzusehen, geschah es mehr aus Langeweile als aus Interesse. Umso mehr überraschte es mich, als ich einen neuen Brief entdeckte, der von Alexander stammte. Er hatte mir noch nie geschrieben.

Mit schneller schlagendem Herzen öffnete ich die Post.

Du brauchst dringend eine Auszeit. Danach hörst Du bei McLeod auf und gründest einen Escort-Service!
Du verdienst Geld und kannst Kunden haben, wann immer Du willst. Wenn Du geeignete Mädchen suchst, kann ich Dir behilflich sein. Stell Dich endlich auf Deine eigenen Beine! Verlass Dich nicht mehr auf andere. Kappe die Taue und hinaus mit Dir auf die offene See!
Alexander

Man konnte ihm nicht vorwerfen, dass er lange um den heißen Brei redete! Ich sah mich bereits im dunkelblauen Chanel-Kostüm an einem gläsernen Schreibtisch sitzen und die Buchhaltung überprüfen.

War das wirklich eine Option? Mich von meinem alten Leben verabschieden? Suchte ich zuerst auch hundert Einwände gegen Alexanders Idee, spürte ich doch unter jenen Schichten des Widerspruchs eine gewisse Sympathie für seinen

Vorschlag. Eine neue Perspektive. Vielleicht war es wirklich Zeit für einen Neuanfang.

Mein Weg führte mich automatisch zu meinem Briefkasten, so wie jeden Tag. Während ich mit einem Lächeln auf den Lippen mich immer mehr mit dem Gedanken an einen Neuanfang anfreundete.

Als ich den Brief, den ich aus meinem Briefkasten zog, in den Händen hielt, wusste ich sofort, was da drin stand. Heiße Flammen züngelten von den Buchstaben und es war mir nur allzu klar, dass sie mich verbrennen würden, wenn ich sie sah.

Ich schloss die Augen, schob den Daumen unter die Lasche und riss den Umschlag auf. Entschlossen zog ich die dicke Karte heraus und öffnete die Augen. Elegant geschwungene schwarze Buchstaben schlugen mir entgegen:

Mr. und Mrs. George McLeod, O.B.E. würden sich sehr über die Ehre Ihrer Anwesenheit anläßlich der Vermählung ihres Sohnes Derek mit Miss Laura Anne Edwards freuen. Diese findet am 3. Januar in der St. George's Chapel, Windsor, statt. Um Antwort wird gebeten.

Die Buchstaben verschwammen vor meinen Augen. Sie zerflossen wie Tinte im Herbstregen. Wieder und wieder wanderten meine Blicke über diese Zeilen. Unmerklich begannen meine Hände zu beben. Ich blinzelte, um wieder klar sehen zu können.

4. SCHLICHT, ELEGANT, NICHT ZU SEXY

In Paddington Station herrschte die übliche wochentägliche Betriebsamkeit. Man eilte zum Zug oder zur Tube. Der Boden war überzogen mit schmutzigem Schneematsch, den die Reisenden von der Straße unablässig hereintrugen.

In den Läden waren die Weihnachtsdekorationen verschwunden und hatten den Glückwünschen für ein gutes neues Jahr Platz gemacht. Der übliche Versuch, die Kunden in Kauflaune zu halten, und das, obwohl sie bereits für Weihnachten genug Geld ausgegeben hatten.

Ich war auf dem Weg nach Knightsbridge. Nachdem ich aus der Tube ausgestiegen war, wanderte ich mehr oder minder ziel- und lustlos an den Schaufenstern von Nobelboutiquen und Kaufhäusern vorbei. Selten genoss ich es so wenig, ein Kleid kaufen zu müssen. Ohne jede Inspiration stand ich vor den blankpolierten Türen von *Harrod's*. Hier würde ich sicher fündig werden.

Der livrierte Türsteher öffnete für mich und ließ mich eintreten. Als ich aber die Trauben von Touristen sah, die sich an den Ständern vorbeidrückten, hatte ich plötzlich keine Lust mehr. So suchte ich mir eine kleine Boutique, in der ich schon öfter etwas Nettes erstanden hatte. Die Inhaberin erkannte mich sofort und begrüßte mich warmherzig. Sie war eine äußerst attraktive Mittfünfzigerin. Das glatte schwarzbraune Haar hatte sie straff nach hinten gekämmt, wo es im Nacken von einer breiten Spange gehalten wurde. Sie trug einen cremefarbenen Rollkragenpullover aus Kaschmir, dazu eine passende Holzperlenkette in Herbsttönen, die die Farben ihrer Hose aufnahmen.

»Miss Hunter ... Wie kann ich Ihnen helfen?«

»Ich brauche etwas für eine Hochzeit.«

Sie blickte leicht verwundert. »Ähm ... Brautmoden führe ich leider nicht.«

Es fühlte sich an, wie ein leichter Schlag in die Magengrube.

»Nein«, fasste ich mich so schnell als möglich, »… ich bin lediglich Gast.«

Jetzt strahlte ihr Gesicht. Sie streckte den Arm aus und deutete auf den hinteren Bereich der Geschäftsräume, dort, wo die Festmode präsentiert wurde. »Ich habe gerade in der letzten Woche ein paar sehr schöne Kleider hereinbekommen. Wenn Sie mal schauen möchten … Was haben Sie sich vorgestellt?«

»Schlicht, aber elegant. Nicht zu sexy. Knielang.«

Nachdenklich streifte ihre Hand über die aufgehängten Roben. »Da hätte ich etwas …«

Sie zog ein Kleid heraus, das aus flaschengrüner Seide gearbeitet war. Es hatte dreiviertellange Ärmel und lediglich einen Stoffgürtel unterhalb der Brust, der durch eine auffällige sonnenförmige Brosche geziert wurde. Dazu gehörte ein Mantel mit einem kleinen Stehkragen und ebenfalls dreiviertellangen Ärmeln. »Darunter wären dann ein paar lange schwarze Lederhandschuhe sehr schön.«

Ich nahm das Kleid und probierte es an. Ohne jeden Enthusiasmus stellte ich fest, dass es wie angegossen saß. Auch der Mantel sah wundervoll aus.

Als ich mich zeigte, war sie begeistert. »Wie für Sie gemacht, Miss Hunter! Hier habe ich noch eine Clutch, also diese kleine Handtasche ohne Riemen, und die Handschuhe.«

Ja, es sah wirklich gut aus. Merkwürdigerweise konnte ich nicht schnell genug aus dem Kleid rauskommen.

»Ich nehme alles«, sagte ich knapp und reichte ihr die Sachen.

»Wann ist die Trauung?«

»Morgen.«

Sie zog die Augenbrauen ein wenig höher.

»Mutig, mutig«, lächelte sie. »Oder suchen Sie schon länger nach etwas Passendem?«

»Nein. Nur hier.« Mir war nicht nach Plaudern. Sowohl Kleid als auch Anlass hatten meine Laune in den Keller fallen lassen. Es war wohl irgendeine merkwürdige Sucht, mich selbst zu verletzen oder auch mir selbst und anderen etwas zu beweisen, die mich die Einladung hatte annehmen lassen.

Meinen Einkauf in einem hübschen Karton sicher verstaut, trat ich wieder auf die Straße. Der Schneefall hatte erneut eingesetzt und man merkte an den Mienen der Passanten, dass man langsam genug von Eis und Schnee hatte.

Bei einem Floristen leuchteten mir üppige Blütenkompositionen aus Tulpen, Narzissen und Krokussen entgegen. Ein Kunde kam heraus und ich wurde eingehüllt in den köstlichsten Duft nach Frühling und Sonne. Spontan betrat ich das Geschäft und kaufte mir einen Strauß. Begleitet vom Duft der Blumen begab ich mich nach Hause.

***

Sobald ich mein Wohnzimmer betreten hatte, sackte ich förmlich in mich zusammen. Ich kannte mich selbst nicht mehr. Es fühlte sich an, als wäre ich ein Luftballon, aus dem jemand die Luft herausgelassen hatte. Ich ließ den Karton achtlos auf einen Sessel fallen und legte den Strauß auf den Tisch, anstatt ihn gleich ins Wasser zu stellen. Auf der Couch sitzend, starrte ich nach draußen in den unablässig fallenden Schnee. Es schien nur einen Rettungsanker zu geben: Ich musste diese Hochzeit überstehen und dann ein neues Kapitel in meinem Leben aufschlagen.

Derek … Warum konnte ich ihn nicht einfach aus meinem Herzen reißen? Er war nicht gut für mich. Ich war nicht gut für ihn. Alles sprach gegen uns. Von seiner schwangeren Verlobten mal ganz abgesehen …

Er war der Typ Mann, von dem jeder klar denkende Mensch sagte: »Lass die Finger von ihm!!!«

Aber ich konnte es nicht! Vielleicht war ja das der tiefere Grund, warum ich beschlossen hatte, zu der Trauung zu gehen: Ich würde ihn mir nur so austreiben können. Für mich selbst einen Schlussstrich setzen!

5. HOCHZEIT

Ich hatte den Tag strategisch geplant. Nach der Trauung in Windsor würde ich nach Hause fahren und mich zurechtmachen. Unerwarteterweise hatte mich nämlich am Abend zuvor der Anruf meines Offiziers erreicht, der wissen wollte, ob ich abends Zeit für ihn hätte, da er nach London käme.

Natürlich hatte ich Zeit. Ja, ich freute mich sogar sehr über diese Verabredung. Denn nur guter Sex konnte mich in eine vernünftige Stimmung bringen! Und dafür war er exakt der richtige Mann.

Es war Königinnen-Wetter, als sich mein Taxi den Weg durch die wartenden Zuschauer bahnte. Der Schneefall hatte nachgelassen und strahlendem Sonnenschein Platz gemacht. Die weißen Kissen in den Grünanlagen funkelten wie mit Diamantsplittern überzogen und *Windsor Castle* erhob sich in majestätischem Glanz zu meiner Linken.

Sicherheitsleute kontrollierten die Einladungskarten und wiesen einem den Weg bis zu jenem Teil der Anlage, wo man aussteigen konnte. So gut wie niemand war unter den Gästen, der selbst gefahren wäre. Hunderte von elegant gekleideten Menschen standen um den Eingang der Kirche herum. Plauderten und warteten darauf, dass sie von Ordnern in Empfang genommen wurden, die einem den jeweils zugedachten Platz im Kirchenschiff zuwiesen.

Als ich mich dem Portal näherte, erkannte ich bereits von

Weitem Georges silbernes Haar, das sich in konzentrischen Kreisen um seinen Kopf legte. Er schien jeden zu begrüßen, mit jedem ein paar Worte zu wechseln und war – alles in allem – in seinem Element. Drauf und dran, seinen schwierigen Sohn an eine der begehrtesten Junggesellinnen des Landes zu verheiraten, glühte er förmlich vor Zufriedenheit.

Selbst mein Anblick konnte seine Stimmung offensichtlich nicht trüben, denn sobald er mich entdeckt hatte, entschuldigte er sich bei den ihn Umstehenden und eilte auf mich zu. Einen herzlichen Kuss auf die Wange, während er meine Schultern gepackt hielt, und schon wisperte er in mein Ohr: »Ich könnte dich auf der Stelle ficken.«

Das war typisch George!

»Tut mir leid. Ich habe heute Abend schon einen Gast«, erwiderte ich kühl.

»Ja. Ich weiß. Er hat mir erzählt, dass er süchtig nach dir ist!« Dabei grinste er mich an wie ein Junge, dem ein ganz besonders guter Streich gelungen ist.

»Wie geht's Derek?«, fragte ich. Einzig und allein, um ihm seine gute Laune zu verderben.

Doch es misslang.

»Dem geht's wunderbar. Warum auch nicht. Er bekommt eine wundervolle Frau und ein Kind gleich mit.«

Da konnte ich ihm nicht widersprechen. Der Moment schien mir passend, ihn auf meine Pläne anzusprechen. »Ach, George, wir müssen übrigens mal über Geschäftliches miteinander reden ...«

Eine seltsame Starre kam in seinen Blick und ich ahnte, was seine Kontrahenten vor Gericht auszustehen hatten.

»Das wäre?«

»Ist was Längeres. Soll ich bei deinen Damen einen Termin

holen?« Diese Spitze hatte ich mir nicht verkneifen können, und das Zucken in seinem Augenwinkel zeigte mir, dass ich getroffen hatte.

»Wenn du magst, komme ich Montagabend zu dir.«

»Einverstanden«, erwiderte ich und ließ mich lächelnd von einem der Ordner in die Kirche führen.

Das Kirchenschiff war erfüllt vom Summen der Gespräche, die sich mit dem beinahe betäubenden Duft der gewaltigen Buketts mischten, die überall aufgebaut worden waren. George hatte sich diese Hochzeit sicher ein Vermögen kosten lassen.

Als ich mich umdrehte, entdeckte ich ein ganzes Orchester auf der Empore und war beeindruckt. Ich umklammerte die Handtasche auf meinem Schoß, als enthielte sie einen Teil der Kronjuwelen. Mein Magen wurde immer enger. Und als ich Derek entdeckte, der mit seinem Best-Man aus der Sakristei kam, war er nicht mal mehr, als ein Pingpongball. Er trug einen maßgeschneiderten Cut. Der schlanke, hochgewachsene Körper perfekt zu dem Anzug passend. Eleganz, die nur durch seine wirren Locken gelockert wurde, die er nicht mal für diesen Anlass gebändigt hatte. Derek schien mir bleicher als gewöhnlich. Doch das war in Anbetracht der Ereignisse verständlich.

Gegen meinen Willen hatten meine Hände zu beben begonnen und ich hoffte, dass keiner meiner Platznachbarn dies bemerkte. Ohne, dass ich es verhindern konnte, standen plötzlich wieder jene Bilder vor meinem inneren Auge: Derek, mit den Folgen der Schussverletzung ringend. Die Art, wie er sich weinend in meine Arme geflüchtet hatte, nachdem er von Jays Tod erfahren hatte … Sein Toben und Wüten, das erst geendet hatte, als ich ihn gehalten hatte …

Es waren Bilder, Erinnerungssplitter, die mich beinahe die Fassung verlieren ließen.

Und nur das Einsetzen der Musik hinderte mich daran, jetzt, im letzten Moment, fluchtartig die Kirche zu verlassen. Augenblicklich trat tiefes Schweigen ein. Noch das eine oder andere verhaltene Husten, dann konnte es losgehen. Derek trat mit seinem Begleiter vor den Altar. Aufrecht und gefasst sah er aus. Die herrlichen olivgrünen Augen ruhten unter seinen langen, dunklen Wimpern. Wie gut ich diese Augen kannte, wie oft ich sie angesehen hatte und mich an den goldenen Sprenkeln nicht hatte sattsehen können.

Die Kirchentür, die gerade eben geschlossen worden war, öffnete sich und wie auf ein geheimes Kommando hin, drehten sich alle Anwesenden um. Ich schien die Einzige zu sein, deren Blicke sich nicht vom Bräutigam lösen konnten und deren Herz wie in einem Schraubstock langsam zusammengepresst wurde.

Ein leichtes Tippen an meinem Arm durch meinen Sitznachbarn brachte mich in die Gegenwart und ich folgte den anderen, indem ich mich ebenfalls umdrehte.

Laura!

Schön wie ein Engel! Ihr Kleid, ein Traum aus weißer Spitze. Die Ärmel lang und schmal. Das Oberteil bis zur Taille eng anliegend, wo es dann weit und glockig bis zum Boden floss. Hinten noch üppiger gelegt als vorn, lief der Saum in eine lange Schleppe aus.

Begleitet von ihrem Vater, betrat sie das Kirchenschiff. Man glaubte, das Rauschen des Stoffes zu hören, als sie sich langsam, gemessenen Schrittes, dem Altar näherte. Doch irgendetwas an diesem Bild stimmte nicht. Es blitzte kurz in meinem Kopf auf und verschwand wieder. Hinterließ lediglich ein zufriedenes Gefühl, das ich nicht einordnen konnte.

Es fiel mir schwer, den Moment abzuwarten, bis sie an meiner Reihe vorbei war und ich endlich wieder nach vorn schauen konnte. Dereks Miene hatte sich wenig gewandelt, seit er sie gesehen hatte.

Bei den aufgestellten Schemeln angekommen, überreichte sie einer Brautjungfer ihren Strauß aus Orchideen, lächelte kurz ihren Bräutigam an und setzte sich dann.

Der Pfarrer trat vor das gefasst zu ihm hinsehende Brautpaar und begann mit einer kleinen Rede. Hätten meine Gedanken sich nicht so ausgiebig mit dem Bräutigam befasst und der elfenhaften Braut an seiner Seite, ich hätte die Ansprache des Geistlichen sicherlich interessant, liebenswert oder langweilig finden können. So aber blieben meine Blicke an den beiden Rücken geheftet und ich fragte mich permanent, wie ich diese Zeremonie überstehen sollte. Denn da vorn saß die falsche Frau. Alles in mir bäumte sich auf. Nicht Laura gehörte neben Derek, sondern ich.

Irgendwo, bedeckt von dichtem Nebel, nahm ich wahr, dass Lieder gespielt wurden. Ein Chor hatte eingesetzt und ich wünschte mich an jeden anderen Ort der Welt, nur nicht in diese Kirche.

»Sollte jemand einen Einwand gegen diese Verbindung haben, so möge er jetzt sprechen oder für immer schweigen!«, traf es mich wie ein Blitz.

Ich wollte aufspringen, alle mir wichtigen Gründe dem Brautpaar ins Gesicht schleudern, dass sie diese Verbindung unmöglich eingehen könnten. Aber ich schaffte es nicht. Blieb wie angewurzelt auf der Bank sitzen und hörte Laura mit fester Stimme sagen: »Ja, ich will!«

Dann beugte Derek sich zu ihr hin und sie küssten sich lang und so intensiv, wie es gerade noch schicklich war.

Ich aber sank in mich zusammen und schloss die Augen. Es war der Moment, wo mich alle Kraft verließ.

Vom Rest der Zeremonie, das muss ich gestehen, bekam ich wenig bis gar nichts mit. Ich funktionierte lediglich. Hielt die Fassade aufrecht und versuchte, mich wacker zu schlagen.

***

Sobald alles vorüber war, eilte ich so schnell wie möglich nach draußen. Ich ignorierte die wartenden Gäste, das Brautpaar, das die zahllosen Glückwünsche entgegennahm und auch die Zuschauer, die sich versammelt hatten, um die Prominenten zu sehen, die es genossen, sich im Licht der Öffentlichkeit zu tummeln.

Auf dem Rücksitz des Taxis zündete ich mir eine Zigarette an. Dabei ignorierte ich sowohl das mahnende Anti-Rauchen-Schild vor mir als auch die bösen Blicke, die mir der Fahrer via Rückspiegel zuwarf. Mein einziges Zugeständnis war ein leicht heruntergelassenes Seitenfenster.

Jetzt hatte ich es überstanden. Das war zumindest, was ich mir sagte. Wieder und wieder. Es ist vorbei. Erledigt. Ad acta.

Es galt, weiterzugehen. Das neue Ziel anzupeilen.

6. DIE GEILSTE PUSSY

Durchgefroren und erschöpft an Leib und Seele, wollte ich eigentlich nur noch ins Bett und schlafen. Doch ich erwartete ja noch Ivo. Also ließ ich mir ein Bad ein. Brühheißes Wasser und Rosenduft. Mein Allheilmittel, wenn die Seele brannte.

Doch selbst das funktionierte diesmal nicht. Ich lag im Schaum, betrachtete meine dunkelroten Nippel, die zwischen den Schaumwölkchen dümpelten und wurde diese verfluchte Hochzeitsszene nicht mehr los.

Derek und Laura …

Nicht Derek und Emma!

Also stieg ich wieder aus der Wanne und machte mich für meinen Gast fertig. Schwarze Spitzenkorsage, schwarzer String. Dazu halterlose Strümpfe und Highheels. Lediglich ein fast durchsichtiges Negligee bedeckte allzu Offensichtliches.

Da ich etwas zu früh fertig war, nahm ich mir noch einen Drink und legte die Beine auf der Couch hoch. Ich schwenkte gemächlich das schwere Glas in meiner Hand und versuchte, mich nur auf die bernsteinfarbene Flüssigkeit und die Wärme zu konzentrieren, die jeder Schluck in mir auslöste. Jene träge Erregung, die mich genau in die richtige Stimmung für einen Gast versetzte. Nach meiner Erfahrung genossen Männer den Sex mehr mit einer sich räkelnden Katze, die plötzlich zur Tigerin wird, als mit einem aufgekratzten Girlie, bei dem sie jeden Moment fürchten müssen, dass die Gespielin zu kichern beginnt.

Das Klingeln an der Tür riss mich aus meinen Gedanken.

Ich hatte noch nicht ganz geöffnet, als mich bereits zwei kräftige Arme packten, gegen die Wand stießen und sich ein hungriger Mund über meinen hermachte. Die Tür fiel, dank eines blind gesetzten Tritts, krachend ins Schloss und nur Momente später hatte mich mein stürmischer Liebhaber küssend in mein Apartment geschoben.

»Oh Gott ... ich habe es kaum ausgehalten ohne dich, mein Herz«, keuchte Ivo in mein Ohr, während sich seine Finger bereits zwischen meine Schenkel schoben. Als er meine Klit berührte, ging ein heftiges Ziehen durch meinen Körper und ich wusste, dass seine Finger bereits jetzt förmlich überschwemmt wurden. Ivo riss mein Negligee auseinander, hob meine Brüste aus dem BH und begann, heftig an meinen Nippeln zu saugen. Seine Hände, groß und stark, kneteten meine Titten und brachten mich beinahe um den Verstand.

Plötzlich aber ließ er von mir ab, trat einen Schritt zurück und begann dann, in einer unglaublichen Geschwindigkeit, seine Uniform auszuziehen. »Weißt du, wovon ich die ganze Zeit geträumt habe, mein Engel?«

Ich war ja von meinen Herren einiges gewöhnt, aber dass einer mit mir sprach, als sei ich seine Freundin, kam nicht jeden Tag vor.

»Nein. Wovon hast du denn geträumt?«

Er trat ganz dicht an mich heran. Meine Blicke wanderten über sein Gesicht mit diesen Augen unter den kräftigen Brauen, die seiner herben Männlichkeit einen Schatten von Jungen-haftigkeit verliehen.

»Ich will dich in den Arsch ficken.«

Dieser Satz ließ keine Fragen offen und ich musste schmun-zeln. Sein breites Grinsen zeigte, dass er Zustimmung aus meiner Miene las. Vorsichtig ließ er mich aus seinen Armen auf die Couch gleiten, und ich wollte gerade nach dem Gel greifen, als er meine Schenkel öffnete und sich zwischen sie kniete. Sein Schwanz stand hart und prall vor seinem festen Bauch und der Anblick seiner Männlichkeit erregte mich maßlos. Meine Beine stützend, näherte sich sein heißer Atem meiner geschwollenen Spalte. Ich zuckte zusammen, als seine Zun-genspitze ganz sacht mein nasses Fleisch berührte.

»Unangenehm?«, fragte er vorsichtig.

»Nein«, keuchte ich, kämpfte mit einer heftigen Erregung.

Er stupste erst sacht, dann immer energischer meinen Kitzler an, während seine Hände an der Innenseite meiner Schenkel auf und ab glitten. In diesem Moment schien er weniger ein Kunde zu sein, als vielmehr ein hingebungsvoller Liebhaber.

Als seine Zunge den Zugang zu meinem Innersten entdeckt hatte, spreizte er meine Schamlippen mit den Daumen, nahm den Kopf ein wenig zurück und betrachtete meine Lustgrotte eindringlich.

»Du hast die geilste Pussy, die ich je geleckt habe!«

Ich freute mich aufrichtig über das Kompliment. Als seine Zunge aber im gleichen Moment in mein Loch stieß und es heftig zu ficken begann, blieb mir beinahe vor Überraschung und Gier die Luft weg. Außer mir vor Lust, presste ich meine Hände gegen die kurzen Haarstoppel auf seinem Kopf und stieß meinen Unterleib seiner wild leckenden Zunge entgegen.

Das Verlangen, auf der Stelle zu kommen, war so groß, dass ich mir selbst half, indem ich mit dem Finger meine Klit zu reiben begann. Es riss mich mit sich. Ein glühender Lavastrom erfasste mich, mein Arm versteifte sich von der Anstrengung, doch ich ignorierte den Schmerz. Ohne Unterbrechung setzte ich mein Tun fort, bis krampfhafte Zuckungen mich derart heftig durchrüttelten, dass Ivo Mühe hatte, den Kontakt zwischen seiner Zunge und meiner geschwollenen Möse zu halten. Er schob energisch seine Hände unter meine Pobacken, krallte seine Fingerkuppen in mein Fleisch und leckte mich so unbarmherzig, dass ich fürchtete, den Orgasmus nicht vollständig genießen zu können.

Doch ich hatte ihn unterschätzt! Er ließ nicht nach, auch nicht, als die letzten Wogen meines Höhepunkts abebbten. Ivo schien keine Ruhe geben zu wollen, bis er mich noch einmal in die Ekstase katapultiert hatte.

Dann aber, als ich – am Ende meiner Kräfte – zitternd und keuchend niedersank, packte er meine Hüften und warf mich abrupt auf den Bauch. Mir blieb nichts anderes übrig, als Halt zu suchen, indem ich meine Nägel in das cremefarbene Leder der Couch schlug, während sich seine Zunge meiner Rosette widmete. Mit derselben Geschicklichkeit, die er meiner Lustgrotte hatte zukommen lassen, benutzte er jetzt meinen Hintern.

Nur Augenblicke später kniete er hinter mir, öffnete meine Pobacken und verteilte großzügig Gel auf meinem Loch. Ich jammerte vor Lust, als sein Daumen das Gleitmittel in meine Rosette rieb. Spürte, wie sie sich erst lockerte und dann öffnete. Ohne zu unterbrechen, setzte Ivo erst seine Eichel an meinem Poloch an und begann sofort, sie in mein enges Inneres zu drücken. Der Druck war so stark, dass ich unwillkürlich versuchte, von ihm wegzurobben. Doch er ließ es nicht zu, sondern hielt mich mit eisernen Pranken an Ort und Stelle. Mit angehaltenem Atem spürte ich, wie er meinen Schließmuskel überwand und Zentimeter um Zentimeter meine Röhre auseinanderdrückte und weitete.

Jetzt verlor ich die Beherrschung. Sein eigenes wildes Stöhnen im Ohr, das mich schier in Raserei versetzte, schrie ich meine Lust heraus. Es war mir egal, ob irgendjemand im Haus mich hören konnte. Mein Verstand setzte aus und meine Ohren wurden taub. Mein Körper schien nur noch aus meinem Hintern zu bestehen, der mittlerweile den Schaft bis zum Ansatz in sich aufgenommen hatte. Mit präzisem Rhythmus hatte er von mir Besitz ergriffen.

Dann ließ Ivo seinen Schwanz herausgleiten, betrachtete keuchend meine weit geöffnete, zuckende Rosette und setzte dann erneut an, was ich mit einem lauten Aufschrei quittierte. Es kam einer Erlösung gleich, als er ein atemloses »Jetzt« zwischen zusammengepressten Zähnen hervorstieß. Ivo verharrte und schoss dann seine volle Ladung in meinen schier wundgefickten Hintern.

Wie in einem dichten Nebel, bekam ich nur von Ferne mit, wie sich seine Sahne in mir verteilte, wie er sich langsam aus meinem Hintern zurückzog und so seinem Sperma die Möglichkeit bot, in einem cremigen Rinnsal aus meiner Rosette zu fließen. Hinter mir kauernd, betrachtete er das Schauspiel und kommentierte es lüstern.

Ich hatte mich geirrt, wenn ich erwartet hatte, er würde nun aufstehen, sich einen Drink nehmen oder ins Bad gehen. Denn stattdessen begaben sich seine Hände und Lippen auf eine Wanderschaft über meinen Körper. Ebenso hingebungsvoll wie zärtlich, schien er sich entschlossen zu haben, jeden fingerbreit meiner Haut zu küssen und zu liebkosen. Ich bewegte mich träge unter seinen Berührungen und genoss sie in vollen Zügen.

Schließlich erlebte ich eine solche Zuwendung nicht alle Tage. Doch mehr als alles andere war ich ihm dankbar dafür, dass er mir eine kurze Zeit schenkte, in der ich nicht an Derek denken musste.

7. Glühende Sehnsucht

Mit wild pochendem Herzen schreckte ich hoch. Mein Schlafzimmer lag in tiefer Dunkelheit, und obwohl sich meine Augen nach und nach an die herrschenden Lichtverhältnisse gewöhnten, erkannte ich lediglich Umrisse.

Schrecklicher Lärm war in meinen traumlosen Schlaf eingedrungen. Mein Atem ging flach und ich war mir ein paar bange Momente unsicher, ob ich ihn mir nur eingebildet hatte oder ob er Wirklichkeit war.

Dann wurde es wieder laut. Wildes Jaulen wie von einem Wagen, dessen Räder sich in tiefen Morast eingefressen hatten, und dessen Fahrer vergeblich bemüht war, sein Fahrzeug wieder freizubekommen. Doch hier gab es weit und breit keinen

Matsch oder Schlamm. Angestrengt lauschte ich in die Nacht. Als das wilde Pochen gegen die Haustür donnerte, begann mein Puls zu rasen und mein Herz setzte einen Schlag lang aus. Ich zitterte am ganzen Körper. Wenn jemand so gegen die Tür hämmerte, verhieß dies nichts Gutes!

So schnell ich konnte, tastete ich nach dem Lichtschalter, blinzelte geblendet in die plötzliche Helligkeit und sprang dann aus dem Bett. Die nächstbeste Jacke überwerfend, eilte ich in Richtung Vestibül. Das Pochen hörte nicht auf. Im Gegenteil. Es wurde immer lauter und drängender, je näher ich kam.

Dann plötzliche Stille.

Ich erstarrte. Es erinnerte mich an eine Szene aus einem Horrorfilm, wenn das Monster Kraft sammelt für den ultimativen Schlag. Ich hielt die Luft an und lauschte. Im nächsten Moment abermals höllisches Jaulen. Eindeutig ließ jemand vor meiner Haustür seinen Motor hochdrehen. Wer auch immer da draußen mich dazu bringen wollte, die Tür zu öffnen – ich würde den Teufel tun!

Und dann ebbte das Jaulen ab, machte Platz für eine Stimme: »Emma!!! … Gott verflucht! … Emma!!! Wenn du nicht sofort diese verdammte Tür aufmachst, fahr ich sie mit dem Jaguar ein!«

Derek!

Ich wusste nicht, ob ich lachen oder toben sollte. Die Entscheidung wurde mir abgenommen, als ein dumpfer Schlag gegen meine Tür gesetzt wurde. Er tut es, schoss es mir durch den Kopf.

Rückwärtsgang – Vorwärtsgang – *Rumms!*

Wie erstarrt stand ich da und konnte mich nicht bewegen, auch wenn ich jeden Moment damit rechnete, dass die Tür hereinfliegen und mich erschlagen würde.

Und wieder: Rückwärtsgang – Vorwärtsgang – *Rumms!*

Jetzt endlich kam ich zur Besinnung. Noch bevor er wieder richtig zurückstoßen konnte, riss ich die Tür auf. Augenblicklich wurde der Motor abgestellt und Derek war mit einem Satz aus dem Wagen und im Vestibül. Wortlos rannte er an mir vorbei, zündete sich im Gehen eine Zigarette an und fuhr sich dann mit beiden Händen durch sein wirres, braunes Haar.

Ich schloss die Apartmenttür hinter mir und blieb dagegengelehnt stehen. Noch immer meine Winterjacke über dem dünnen Nachthemd. Die Arme vor der Brust verschränkt, starrte ich ihn an, während er ruhelos wie ein Panther im Käfig hin und her marschierte.

»Was zur Hölle veranstaltest du hier, Derek McLeod?!«

Er flog herum und funkelte mich aus olivenfarbenen Augen an: »Du machst alles kaputt!«

Da mir solche Ausbrüche bei Männern allgemein, und bei Derek im speziellen, nur allzu bekannt waren, zog ich es vor, mich auf die Couch zu setzen, die Arme um die Knie zu schlingen und ruhig abzuwarten.

»Du hast aus meiner Heirat eine Farce gemacht!«

ICH?!

»Du weißt genau, dass ich so nicht leben kann. Du hast das alles von Anfang an so geplant!«

Ganz klar …

»Wenn ich Laura ansehe … wenn ich sie anfasse … dann spüre ich deine Haut, höre deine Stimme! Und dann werde ich wütend. Auf dich! Auf mich! Auf sie …« Er schnippte die Zigarette in den Kamin und zündete sich eine neue an. Seine Wanderung unterbrach er dabei nicht für einen Moment.

»Sie sagt etwas zu mir und ich gebe ihr schnippische Antworten. Das hat sie nicht verdient. Sie ist so ein wunderbarer Mensch!«

Im Gegensatz zu mir …

Plötzlich war er direkt vor mir, packte grob meinen Arm und riss mich auf die Füße. Sein rauchgeschwängerter Atem schlug mir entgegen. Seine Blicke rasten wild über mein Gesicht.

»DU!«, stieß er zwischen den Zähnen hervor. Dann presste er seine Lippen auf meine, zwang meine Lippen mit seiner Zunge auseinander und küsste mich mit einer unglaublichen Brutalität. So etwas hatte ich noch nicht erlebt! Ich war empört. Aber auch erregt. Als er seine Finger in meine Brust schlug, keuchte ich auf.

»Es macht dich geil, mich so zu sehen, ja? Wenn ich die Beherrschung verliere …«

Sollte ich lügen? Ich schwieg lieber.

»Du lässt mich nicht los, du gottverdammte Hexe!« Derek stieß mich mit Wucht zurück auf die Couch, zerrte mein Nachthemd nach oben und öffnete gleichzeitig seine Hose. Er brauchte keine Gegenwehr zu fürchten, denn ich öffnete bereits meine Schenkel für ihn. Wie ein tastender Blinder streckte er seine Hand aus und begann, meinen Kitzler mit seinem Daumen zu reiben. Ich keuchte auf. Mein Saft floss aus mir heraus und mein Blut rollte heiß durch meine Adern. Derek sah aus, als könnte er nicht fassen, was sich vor seinen Augen abspielte.

»Ich habe noch nie eine Frau so gewollt wie dich …« Er sagte es mehr zu sich selbst, als zu mir und so sah ich mich auch nicht dazu genötigt, ihm zu antworten.

Seine andere Hand hielt bereits seinen hoch aufgerichteten Schwanz, und ich sah seine glänzende, pralle Eichel, die endlich an ihr Ziel kommen wollte. Der kleine Schlitz war ein stück-weit geöffnet und mich verlangte danach, meine Zungenspitze dort hineinzuschieben.

Derek rasierte sich, was ich bei Männern immer sehr zu schätzen wusste. Wie gern hätte ich in diesem Moment seinen Schwanz verwöhnt, ihn geleckt und an seinem harten Schaft gesaugt. Doch ich wusste, dass er es nicht zulassen würde. Er wollte jetzt mit Sicherheit viel – aber Gereiztwerden gehörte nicht dazu. Ebenso wenig wie Zärtlichkeit. Von daher war es klar, dass er seine Eichel nicht einmal an meiner Möse richtig ansetzte, sondern sie einfach, beinahe blind, in mich hineinstieß.

Ein brennendes Reißen schoss von meinem Unterleib in meinen Kopf, doch ich hatte keine Zeit, mich auf diesen Schmerz zu konzentrieren, pumpte er doch schon wie ein Verrückter in mich hinein. Dabei waren seine Bewegungen unkoordiniert. Wild. Ungestüm. Er achtete auf nichts mehr. Sah an sich herab und stieß zu. Bis zum Anschlag. Wieder und wieder. Er badete seinen Schwanz in meinem ausfließenden Saft. Ich hörte das Schmatzen meiner Schamlippen. Das Klatschen seiner Lenden gegen meine Schenkel. Dann auf einmal, gerade als wäre es eine Möglichkeit, mich noch heftiger zu ficken, beugte er sich vor, stützte seine Hand schmerzhaft auf meine Brust und rammte seinen Hammer weiter in meine Möse. Bei jedem Stoß entrang sich ihm ein gepresster Atemzug. Er holte Schwung und stieß wieder zu.

Langsam ging mir die Puste aus. Die Anspannung, die mich erfasste hatte, seit er in mich eingedrungen war, ließ einfach nicht nach. Ich hatte keine Ahnung, was er tun würde und konnte nicht beginnen, mich zu entspannen und den Fick zu genießen.

Zu deutlich spürte ich Wut und Zorn, die hinter seiner Stirn brodelten. Die sich ihren Weg in meine Möse bahnten. Und dann erstarrte er. Noch ein letzter Stoß und sein Samen schoss in meinen Unterleib. Diesmal allerdings gab er keinen Ton von sich. Er war so still, dass es mich ein wenig erschreckte.

Derek trat einen Schritt zurück. Sein glänzender Schwanz rutschte aus mir heraus und blieb, noch leicht erigiert, vor seinem Bauch stehen.

»Ich hasse dich, Emma Hunter!«, sagte er ganz ruhig. »Du bist mein Fluch. Mein schlimmster Albtraum.«

Jetzt hatte ich genug. Jeder Mensch hat seine Grenzen und meine waren erreicht. Energisch stand ich auf, ließ mein Nachthemd herabgleiten und ging zu dem Tisch mit den Getränken. Ich schenkte mir einen Scotch ein. »Warum zur Hölle verschwindest du dann nicht einfach? Ich habe dich nicht hergebeten! Geh nach Hause zu deiner Frau! Freu dich auf euer Baby und eure Vorgarten-Idylle. Ich brauche …« Jetzt wusste ich es! Wie ein Blitz war es durch meinen Kopf geschossen. DAS hatte nicht gestimmt an dem Bild von Laura im Brautkleid! Sie war schlank! Ihre Taille hätte man mit zwei Händen umspannen können!

Die Erkenntnis ließ die Hitze in mein Gesicht fließen. Meine Gedanken tobten durch mein Gehirn, verwirrten sich und ließen sich kaum noch in eine vernünftige Reihenfolge bringen.

Dereks Miene zeigte keinerlei Veränderung. Ausdruckslos sah er mir direkt in die Augen.

Ich trank einen Schluck, um Ruhe zu finden für das, was ich jetzt sagen wollte. Doch es brach einfach aus mir heraus: »Was für ein Mist ist das mit eurem Baby?«

Keine Regung … Er sah aus, wie ein Soldat, der auf den Einschlag der Bombe wartet. Lediglich an seinen Wangen sah ich, wie seine Kiefer mahlten.

»Sie ist gar nicht schwanger, stimmt's? Es war alles Lug und Trug. Eine gottverdammte Farce!«

Seine Zungenspitze befeuchtete seine Lippen. »Wir mussten es sagen. Sonst hätte ihr Vater mir nie und nimmer geholfen. Er hält mich für ein unnützes Stück Dreck.«

»Ich schließe mich seinem Urteil sofort an!«, zischte ich.

»Wir hatten keine Wahl. Und wir lieben uns. Also …«

Ich musste mich abwenden. Schloss die Augen und versuchte, die Fassung zu wahren. Mein Herz wurde in einem mächtigen Schraubstock zusammengepresst. »Und eure Heirat?« Weiter kam ich nicht mit meinem Satz.

Er ließ sich schwer in den Sessel fallen und zog intensiv an seiner Zigarette. »Wir lieben uns. Laura ist so ein wunderbarer Mensch …«

»Das sagtest du bereits«, maßregelte ich ihn. Einfach nur, weil er mich so unendlich verletzte.

»Ich liebe sie aufrichtig und ich könnte sie nie verlassen. Sie hat so unendlich viel für mich getan … All diese Schwierigkeiten haben uns nur umso fester aneinandergeschweißt.« Derek bildete einen Aber-Satz nach dem anderen. Nur, dass er das »Aber« unausgesprochen ließ.

Meine Wut stieg mit jedem Augenblick. Um nicht irgendetwas zu sagen, das ich nachher bereuen würde, beschloss ich, unter die Dusche zu gehen und ihn einfach mit seinem laut ausgesprochenen inneren Dialog allein zu lassen. Sollte er doch Kette rauchen und sein Mantra wiederholen … Vielleicht würde ja irgendwann der Moment kommen, wo er sich selber glaubte.

Ich hatte das Wasser gerade angeschaltet, als die Badezimmertür geöffnet wurde. Hatte ich nun erwartet, dass Derek zu mir in die Dusche kommen würde, sah ich mich schnell getäuscht. Er setzte sich lediglich auf den Wannenrand und beobachtet mich hinter der Glasscheibe.

»Gib mir mal das Tuch«, forderte ich ihn auf, nachdem ich mit dem Duschen fertig war und er immer noch schweigend schaute.

Er stand auf und reichte es mir.

»Was willst du noch? Du hast mich gevögelt … Du kannst also genauso gut gehen.«

»Ja. Sicher«, sagte er mit matter Stimme.

»Wartet deine Frau nicht zu Hause? Erfüllt von Sehnsucht nach dir?« Diese Spitze konnte ich mir nicht verkneifen. Und wenn er jetzt nicht ginge, würde ich ihn mit Genuss so lange piesacken, bis er aufgab.

Er sah mich von unten herauf an, wie ein geschundener Hund. »Hasst du mich?«, fragte er unvermittelt.

»Ich dich hassen? Wieso denn das?«

»Weil ich Laura geheiratet habe, um meine Haut zu retten.«

Mein Blick streifte ihn bewusst herablassend. »Wenn du mich fragst – einer der besten Gründe, um zu heiraten.«

Er ging hinter mir her in die Küche, wo ich begann, Kaffee zu brühen.

»Hör mit dem Zynismus auf. Er passt nicht zu dir.«

Ich stellte zwei Tassen bereit, ohne ihn zu fragen, ob er überhaupt welchen wolle.

»Für Zynismus ist es mir noch zu früh am Tag.« Er stieß sich mit Schwung von der Wand ab, gegen die er sich gelehnt hatte. »Hätte ich etwa dich heiraten sollen?« In seiner Stimme schwangen Verständnislosigkeit und Abscheu. Wie ein Fürst, der mit seiner Mätresse debattiert.

»Mich?«, rief ich spitz aus. Ich übertrieb zugegebenermaßen die Betonung … »Wie könnte der Sohn des großen George McLeod eine kleine Nutte heiraten? Du bist wohl vollkommen irre. George hätte uns beide verfrühstückt.«

»Genau. Außerdem bist du sein Eigentum.«

Ich wusste, was er damit bezweckte und sprang dennoch sofort drauf an. Ich drängte mich dicht an ihn heran, reckte mich ein wenig hoch und sah ihm direkt in die Augen. »Ich bin niemandes Eigentum. Merk dir das gut! Und unterschätz mich nicht!«

Glühende Sehnsucht erfasste mich. Alles in mir drängte danach, jetzt in seinen Armen zu liegen. Mich zärtlich von ihm küssen zu lassen …

»Ich unterschätze dich nie, Emma.«

Der Satz riss einen Graben in unser Gespräch. Ein tiefer Ernst umgab ihn und ließ jene Bilder wieder in mir aufsteigen:

Jay – erschossen in der Eingangstür seines Hauses …

Derek – auf wilder Flucht mit mir, selbst schwer verletzt …

Und immer wieder Jay – mein junger Löwe …

Es tat noch immer so weh, wie am Anfang. Wie viel Zeit auch vorüberging, der Schmerz ließ nicht nach.

Und noch etwas anderes löste der Satz aus: eine tiefe Verbundenheit zwischen Derek und mir. Denn wir teilten den Schmerz um Jay. Er war etwas, das uns verband, und das keine Laura jemals zerstören würde.

Der Kaffee dampfte in den Tassen und egal wie heiß er sein mochte, Derek begann zu trinken. Als er ihn geleert und die Tasse in die Spüle gestellt hatte, hob ich zum Schlag an: »So. Du hast mich niedergemacht, du hast mich gefickt und du hast Kaffee getrunken. Jetzt solltest du zu deiner Frau zurückgehen.«

Ein eisiger Blick traf mich. Ohne ihn von mir abzuwenden, nahm Derek sich eine neue Zigarette und zündete sie an. »Und was, wenn ich hierbleiben will?«

Sollte das ein Köder sein oder eine Fangfrage?

»Blödsinn«, erwiderte ich knapp.

»Willst du meine Geliebte werden?«

Der Kaffee war so heiß, dass ich mir in diesem Moment die Zunge verbrannte und gegen das schmerzhafte Brennen in meinen Augen ankämpfen musste. Ich wiederholte innerlich die Frage wieder und wieder. Es drängte mich, ihm augenblicklich eine gemeine Retour zu verpassen, doch meine Empörung war so heftig, dass ich schwieg.

»Ich könnte dich besuchen. Dich ficken. Wir könnten auch Sachen zusammen unternehmen. Du würdest keine Kunden mehr empfangen und ich nur dich und Laura vögeln.«

Es geschah, ohne dass ich darüber nachgedacht hatte. Ich holte aus und schüttete ihm meinen Kaffee gegen die Brust. Sofort verteilte die braune Flüssigkeit sich auf seiner Haut. Derek zuckte zusammen, sah an sich herab und nahm dann ein Geschirrtuch, um sich abzuwischen.

»Geh!«, sagte ich. »Und zwar sofort! Und komm nie mehr wieder!« Das Zittern kam ganz plötzlich. Meine Hand mit der leeren Tasse bebte und ich musste sie abstellen, um sie nicht fallen zu lassen.

Derek drehte sich um, und nur wenige Momente später hörte ich die Tür ins Schloss fallen.

Ich sackte zu Boden. Es war, als habe mir jemand seine Faust in den Magen gerammt. Tränen schossen aus meinen Augen und liefen endlos über mein Gesicht.

So konnte es nicht weitergehen!

8. HUNGRIGE QUAL

Ich brauchte jemanden, mit dem ich reden konnte. Jemand, der mir einen Rat geben konnte, ohne selbst »Partei« zu sein.

So rief ich ein Taxi und ließ mich nach Highgate fahren.

Unangemeldet stand ich vor der massiven Tür und betätigte den altmodischen Klingelzug. Es dauerte lange. So lange, dass ich schon dachte, es wäre niemand zu Hause.

»Bitte?« Sie gab sich keinerlei Mühe, ihre Abneigung gegen mich zu verbergen, die sie offensichtlich seit meinem ersten Auftauchen bei Alexander verspürt hatte. Die Augen der Dienerin, die ein bodenlanges Latexkleid mit Schleppe trug, verengten sich, als sei sie kurzsichtig und müsse krampfhaft herausfinden, wer da so unpassend störte.

»Ist er da?«

Sie bewegte sich nicht. An ihrer Miene erkannte ich, dass sie ganz offensichtlich nach einer Lüge suchte, um mich aus dem Feld zu schlagen. »Der Meister ist beschäftigt.«

Ich reckte mich etwas und drängte mich an ihr vorbei. »Ich werde warten ...«

So hatte ich das in zahllosen Krimis gesehen und freute mich, dass ich diesen Kniff mal anwenden konnte. Mitten in der imposanten Eingangshalle blieb ich stehen. »Würden Sie Alexander bitte melden, dass ich da bin?«

Sie hob den Kopf, ihre Mundwinkel wanderten nach unten und ihre allzu glatte Stirn legte sich in Falten. Wie eine brüskierte Gouvernante reckte sie sich und ging dann sehr steif die Treppen hinauf. Es war nicht zu übersehen, dass ihr hin und her schwenkender Po eine Botschaft an mich darstellte. Die Schleppe floss hinter ihr über die Stufen wie flüssiger Teer.

Ohne zu zögern, folgte ich ihr.

Als sie mich bemerkte, blieb sie stehen und sah sich nach mir um. »Bitte?«, machte sie spitz und kräuselte ihre Lippen dabei.

»Nur zur Sicherheit. Damit Sie oben nicht vergessen, weswegen Sie zu Alexander wollten ...«

Ihre Lider senkten sich und wenn Blicke töten könnten,

wäre ich rückwärts die Stufen hinabgestürzt.

Ohne zu klopfen, öffnete sie jene Tür, die ins Mittelalter führte. Alexanders Welt war nicht meine. Gewalt und Unterwerfung waren für mich lediglich Andeutungen. Spiele, die man spielte, um den anderen zu reizen, zu stimulieren. Aber für Alexander verband sich damit ein tiefer, beinahe heiliger Ernst.

Schmerzen waren für ihn der Schlüssel zu einer anderen Daseinsform. Sie enthoben ihn vom alltäglichen Leben, und von jenen, für die Sex nichts war, als eine Abfolge von Erregung und Befriedigung. Ja, er schien sein ganzes Leben diesem Dasein gewidmet zu haben.

»Herr …«

Ich beugte mich ein wenig seitlich, um an der Dienerin vorbeisehen zu können.

Alexander hatte sich an ein Andreaskreuz ketten lassen. Sein Kopf steckte in einer schwarzen Maske unter der sein rabenschwarzes Haar herausströmte. Sein Oberkörper glänzte von Schweiß und dünne rote Linien überzogen seinen Torso. Hellrotes Blut war auf seiner Haut verwischt. Seine Muskeln hoben sein hartes Fleisch und ich konnte mich des Eindrucks von absoluter Macht und vollkommener Unterwerfung nicht entziehen. Es erregte mich gegen meinen Willen, und doch ließ ich es zu.

Er nickte knapp und die Dienerin öffnete seine Fesseln.

Ich wusste, wie sehr es einen in solch einem Moment danach verlangte, die Handgelenke zu reiben, das Blut wieder durch die Adern fließen zu lassen, doch Alexander unterdrückte offensichtlich dieses Verlangen.

Die Dienerin öffnete die Maske am Hinterkopf und zog sie herab. Sein Gesicht war kalkweiß und Schweißperlen rannen über seine perfekten Züge. Alexanders makellose Männerschönheit verblüffte mich jedes Mal wieder, wenn ich ihn sah.

Selbst die Art, wie er sich nun mit einem von der Dienerin gereichten Tuch das Gesicht abwischte, wirkte noch souverän.

»Nun?« Mehr Worte verschwendete er nicht an mich.

Ich warf der Dienerin einen Seitenblick zu, der sie darüber informierte, dass sie störte. Sie zog sich überraschend zurück.

Alexander ließ sich auf seinem Thronsessel nieder und sparte sich die einladende Geste, dass ich mich setzen solle. Ich tat es auch so.

»Er hat dich abgeschossen«, sagte er knapp.

»Er hat geheiratet.«

Alexanders Miene blieb unverändert. »Und?« Seine kräftigen Finger spielten mit den Maserungen des Holztisches.

»Ich habe mir deine Idee mit dem Escort-Service durch den Kopf gehen lassen.«

»Und?«

»Ich denke, ich werde es machen. Aber ich schaffe es nicht allein. Ich habe keine Ahnung von Buchführung oder dergleichen. Weiß nicht, wie man so etwas aufzieht. Und die Mädchen, die ich kenne, arbeiten ausnahmslos für George und würden das auch kaum aufgeben.«

»Und nun kommst du zu mir, damit ich dir helfe.«

Die Antwort schenkte ich mir.

»Du weißt, dass es meine Hilfe nicht gratis gibt …«

Ich hatte damit gerechnet, dass er das sagen würde, aber ich hatte gehofft, der Kelch würde an mir vorüberziehen …

»Was ist dein Preis?«

Er fixierte meine Augen und ein heißes Kribbeln lief über meine Haut, wie zahllose winzige elektrische Entladungen.

»Ich will, dass du mich auspeitschst.«

Eine mächtige Klaue legte sich um meinen Hals und drückte mir die Kehle zu. »Aber …«

Er schüttelte unwirsch den Kopf. »Entweder du akzeptierst oder du gehst augenblicklich!«

Unvermittelt sprang ich auf. »Du weißt, dass ich das nicht kann!«

»Dann wirst du dich jetzt überwinden! Wenn du denn meine Hilfe wirklich willst.«

Natürlich wollte ich seine Hilfe. Ich brauchte sie!

»Sag mir, was ich tun soll!« Nach dem Satz fühlte ich mich augenblicklich elend. Ich fühlte mich so schwach, dass ich befürchtete, mich setzen zu müssen.

Alexander erhob sich und trat an das Andreaskreuz. »Du wirst mich hier fesseln. Gesicht zur Wand. Und dann nimmst du die Peitsche dort und schlägst zu. Bis ich dir ein Zeichen gebe, dass du aufhören darfst.«

Allein die schwarze Lederpeitsche mit den zahlreichen Riemen zu sehen, war beinahe zu viel. Aber wenn es der Weg war, George und Derek loszuwerden und in ein neues Leben zu starten, dann würde ich tun, was er verlangte.

Alexander stellte sich mit dem Gesicht zur Wand und hob beide Arme seitlich über seine Schultern. Ich selbst musste mich erst mal mit den Fesseln vertraut machen und kapieren, wie sie überhaupt funktionierten. Es kostete mich ein wenig Geduld, doch dann konnte ich sie öffnen und seine Handgelenke fixieren. Alexander bewegte sich ein wenig hin und her wie ein Artist, der zu seinem großen Sprung ansetzt.

»Geht es?«, fragte ich vorsichtig.

»Ja. Sehr gut. Jetzt nimm die Peitsche!«

Mein Arm wurde augenblicklich taub. Ich starrte auf seinen wunderschönen, muskulösen Rücken, sein rabenschwarzes Haar, das wie Ebenholz leuchtete. Sollte ich eine solche Perfektion wirklich mutwillig zerstören?

»Was ist?« Seine Stimme klang gepresst. Er war ungeduldig. »Schaffst du es etwa nicht?«

Provokation! Und ich sprang drauf an!

»Natürlich.« Es war eine Ersatzbewegung, als ich sein Haar nahm und über seine Schulter legte. Den Anblick, wie die Peitsche es zerreißt, hätte ich nicht ertragen. Mühsam holte ich aus und sah sofort das Bild vor meinem inneren Auge, wie die Riemen niederschnellten und einen roten Riss hinterließen. Mit wurde übel. Kraftlos sank meine Hand wieder hinunter.

»Wenn du es nicht schaffst, dann mach mich wieder los!«

Es war ein Ultimatum. Jetzt oder nie. Abermals hob ich an. Meine Kiefer mahlten schmerzhaft. Mein Körper verspannte sich in jeder Faser. Ich holte aus und schlug zu.

Alexander rührte sich nicht.

Dort wo die Riemen ihn getroffen hatten, hinterließen sie lediglich helle Streifen.

»Du schlägst wie ein Mädchen!«, höhnte er. »Nochmal! Los!«

Diesmal holte ich weiter aus. Ich schloss die Augen kurz, um mich zu konzentrieren, und schlug zu.

Seine Rückenmuskeln zogen sich zusammen. Seine Hände krampften kurz.

Ohne seinen Befehl abzuwarten, folgte der nächste Schlag. Mit weißen Knöcheln klammerte er sich an seine Fesseln. Und dann geschah etwas, mit dem ich nicht gerechnet hatte: Sein Anblick erregte mich! Wie seine Muskeln arbeiteten, seine Hände, die Art, wie er den Kopf nach hinten legte, um dem Schmerz etwas entgegenzusetzen.

Meine Brüste spannten in meinem BH. Es war, als habe jemand einen Schalter in meinem Kopf umgelegt. Eine gewaltige Macht packte mich und zwang mich nach vorn. Ich roch Schweiß, Haar und sah die feuerroten Striemen.

Mir wurde schwindelig.

Als wollte ich ihn und seine Stärke in mich aufnehmen, küsste ich seine Striemen. Aus weiter Ferne hörte ich ihn zischen und seufzen. Spürte seine zerschundene Haut an meinen Lippen. Die Peitsche ließ ich fallen, legte nun meine Hände flach auf seinen Rücken und spürte das Pulsen seines Fleisches.

Ich war nass. Mein Slip war durchtränkt mit meinem Saft.

»Mach … mich los!«

Seine Atemlosigkeit hielt ich für unterdrückten Schmerz, bis ich ihn befreit hatte, er sich blitzschnell umdrehte, mich packte und zu küssen begann. Eine Leidenschaft hatte ihn ergriffen, die ich ihm so niemals zugetraut hätte. Sein Haar rauschte über mein Gesicht, seine Hände schienen überall zu sein. Da aber bohrte er seine Finger in meine Schultern, hielt mich ein Stück von sich weg und sah mir tief in die Augen.

»Du hast deine Grenze überwunden. Jetzt hält dich nichts mehr in deinem alten Leben!«

Im nächsten Moment ließ er mich zu Boden gleiten, dirigierte mich auf alle viere und ließ seine Nägel über meinen Rücken gleiten. Was zuerst als angenehm sanftes Kratzen begonnen hatte, wurde aber bald intensiviert, steigerte sich bis zu einem tiefen, brennenden Schmerz.

Ich versuchte, meinen Atem zu kontrollieren. Doch es gelang mir nicht. Die Gier rauschte in meinen Ohren, dass ich kein anderes Geräusch mehr wahrnahm. Mein ganzer Körper war erfüllt von jenem Brennen, das sich bald nicht mehr unterscheiden ließ von jenem in meinen Adern und jenem in meinem Unterleib. Keuchend und schreiend wand ich mich unter seinen Nägeln, als er seinen Finger in meine Rosette drückte und sie zu weiten begann. Wirre Bilder voller Furcht und Gier tosten durch meinen Verstand. Mein Körper löste sich auf.

Als er seinen Schwanz zügig in meinen Hintern drückte, konnte ich mich bereits kaum noch aufrecht halten. Doch er fickte nicht nur meinen Arsch, sondern er kratzte immer weiter. Mal sachte, mal mit fast brutaler Härte.

Irgendeine Stimme, weit entfernt von mir, bettelte um Gnade. Während eine andere ihn anfeuerte, noch härter und tiefer zu stoßen, alles zu geben. Damit auch ich alles geben konnte. Damit ich mich vergessen konnte in diesen hungrigen Qualen.

Dass er kam, merkte ich nicht mehr. Ich befand mich in dichtestem Nebel. Erst, als Alexander seinen Arm unter meine Achsel schob und mich vorsichtig auf die Füße stellte, wurde ich wieder klarer.

Unsicheren Schrittes tappte ich neben ihm zu der hölzernen Bank, auf die er mich seitlich hinlegte. Er reichte mir einen Becher. Vollkommen am Ende meiner Kräfte, trank ich ihn in einem Zug leer.

»Du warst richtig gut.«

Sein Lob überraschte mich.

»Nicht jede ist dazu in der Lage, sich auf Anhieb derart fallen zu lassen.« Seine Hand strich mir sanft eine Strähne aus dem Gesicht. »Du hast deinen Teil erfüllt. Jetzt erfülle ich den meinen …«

Er ging neben mir in die Hocke, sodass unsere Gesichter auf gleicher Höhe waren. »Du hast Stärke, Emma. Du wirst es schaffen. Aber ich tauge nicht zum Buchhalter. Es gibt einen Mann, der wird dich unterstützen.«

Wäre ich nicht so erschöpft gewesen, ich hätte augenblicklich wild protestiert. So aber konnte ich nur matt mit dem Kopf schütteln. Doch Alexander ging über meinen stummen Protest kommentarlos hinweg. »Lass ihn an dich ran! Stoß ihn nicht mehr länger weg! Er will zu dir gehören.«

Müde schloss ich meine Augen und flüsterte: »Niemals!«

»Das ist töricht, und du weißt es. Ihr gehört zusammen. Das ist Schicksal.«

»Nein. Er … gehört zu seiner Frau.«

Ein kleines, zynisches Lächeln wanderte über sein schönes Gesicht. »Warum gibt es für die Menschen immer nur das Entweder-Oder?«

»Er liebt sie. Und ich trete nicht gegen eine Ehefrau an.« Meine Kräfte kehrten langsam wie Flüchtlinge in ihre Heimat zurück.

»Wer verlangt das?«

Die Antwort sparte ich mir.

»Sei nicht so stur! Das ist unangebracht und kindisch. Ich habe dir gesagt, was ich denke. Glaub es oder lass es!«

»Ich muss drüber nachdenken.«

Er drückte sich hoch und grinste dabei breit. »Du bist unverbesserlich … Wenn du einen guten Buchhalter brauchst, kann dir meine Sklavin eine Adresse geben.«

Diesen Seitenhieb hatte ich durchaus verstanden. Wortlos verschwand er und ich blieb allein auf meiner Bank zurück. In mir aber begann es zu arbeiten …

9. Verdrehte Tatsachen

»Es gibt gewisse Gerüchte …« George wanderte durch mein Wohnzimmer und betrachtete scheinbar jedes Detail der Innenausstattung. Groß und schlank hatte sein Körper noch immer die Straffheit eines weitaus jüngeren Mannes. Seine Augen zeigten sowohl Lebhaftigkeit als auch Entschlossenheit und rundeten den Eindruck ab, den er bei einem Betrachter hinterließ. Es war bereits seine dritte Zigarette, seit er am frühen Abend zu mir gekommen war.

»Was für Gerüchte?«

»Derek war hier. *Nach* seiner Hochzeit.«

Es war eine Feststellung. Nicht verhandelbar.

»Und wenn? Ich bin eine Hure. Seine Frau ist schwanger. Vielleicht gibt sie ihm nicht, was er braucht.«

Er fuhr herum und funkelte mich böse an. »Red keinen Blödsinn! Laura ist nicht schwanger. Das weiß mittlerweile jeder degenerierte, blaublütige Volltrottel in London!«

Meine Augen verengten sich.

»Emma! Ich habe dich gewarnt, lass die Finger von ihm! Es ist immer das Gleiche, sobald du auftauchst, verliert dieser Idiot den Verstand. Laura ist das Beste, was ihm je passiert ist. Mit ihr an seiner Seite bekommt er sein Leben in den Griff.«

Es waren Tiefschläge, die auch genau so gedacht waren.

»Und was soll ich deiner Meinung nach tun?«

»Hör auf zu bocken, Emma. Dazu kenne ich dich zu gut. Ich erwarte nichts weiter, als dass du ihn in Ruhe lässt.«

»*Er* ist zu *mir* gekommen. Hat gedroht, die Tür mit dem Auto einzufahren!«

Seine Lippen wurden weiß, während er sie aufeinanderpresste. »Das zeigt nur, wie irrsinnig er ist.«

»Mag sein ... Also?«

Er zog einen Zettel aus seiner Tasche. »Ich habe einen Kunden für dich für morgen Abend. Alles Nötige steht hier.«

Business as usual, dachte ich. Das Thema Derek war ad acta gelegt für ihn. Ich würde wieder die brave Nutte machen und sein Sohn wäre aus der Gefahrenzone.

Schweigend nahm ich das Blatt entgegen. Ein neuer Kunde. Trotzdem enthob er mich nicht davon, George früher oder später reinen Wein einzuschenken. Doch solange meine Pläne noch so wenig ausgereift waren, hatte ich keine Chance, mich von ihm zu lösen. Also spielte ich das Spiel vorerst weiter …

»Bleibst du heute Abend hier?«, fragte ich so ruhig wie möglich.

Sein Blick ruhte viel zu kurz auf mir, als dass ich nicht verstanden hätte, dass es eine Änderung gegeben hatte, die mir bisher entgangen war. »Nein. Ich kann nicht. Ich habe noch einen Termin.«

Ich kannte George lange genug, um zu wissen, wann er mir nur einen Teil der Wahrheit servierte. »Wie heißt sie?«

»Nell.«

Dass er keine Ausflüchte versuchte, verwunderte mich ebenso wenig. »Hast du ihr auch schon ein Apartment geschenkt?«

»Ja.«

Ich beschloss, dass ich für heute genug Wahrheiten gehört hatte. Mein Kopf war so leer, dass ich nicht mal genau sagen konnte, wie weh mir seine Eröffnung überhaupt tat.

George nahm sich noch einen Whiskey, leerte ihn in einem Zug und ging dann wortlos.

Es fügte sich ein Puzzleteil zum anderen …

10. SCHÜLERSPIELE

Das Haus, das ich am folgenden Tag betrat, unterschied sich von allen anderen, die ich im Laufe meiner Karriere gesehen hatte. Es war eine Zusammenrottung schlechten Geschmacks. Angefangen bei den wuchtigen Polstermöbeln mit Blumenmuster, über die klobigen, geschnitzten und mit Gold bestrichenen Möbel. Von der Decke hingen Leuchter, die nur so strotzten von dunkelroten Rosen und gold-grünen Blättern. Gemälde in überdimensionalen Rahmen rundeten das Bild ab. Es gab kein Eckchen in diesem Haus, in dem nicht Fotos, Figurinen oder Vasen gestanden hätten.

Schon, als ich in die Vorhalle getreten war, ein Butler hatte mich in Empfang genommen, hatte es mir vor dem Besitzer dieses Hauses gegraut. Ich konnte mir keinen auch nur halbwegs attraktiven Mann vorstellen, der es in solch einem Ambiente aushalten würde. Dennoch war ich professionell genug, tief durchzuatmen und der Dinge zu harren, die auf mich zukommen sollten. Im Zweifelsfall hatte ich noch immer Danny, der draußen im Wagen auf mich wartete und sozusagen einen menschlichen Schutzschirm bildete.

Was mir dann aber gegenübertrat, überstieg all meine Erwartungen. Der Mann war beinahe zwei Köpfe größer als ich. Sehr schlank, dabei aber trainiert. Sein braunes Haar trug er modisch ins Gesicht gekämmt, und er wirkte alles in allem vergleichsweise jung. Ich schätzte ihn auf maximal Ende zwanzig. Sein Oberkörper war außerordentlich lang, was betont wurde durch eine tiefsitzende dunkelgraue Stoffhose. Verblüfft wurde ich durch das passende dunkelgraue Sakko mit aufgenähtem Schulemblem. Seine in den Schulfarben gestreifte Krawatte vervollständigte das Bild. Dennoch passte es nicht, denn er war ganz offensichtlich viel zu alt für einen Schuljungen.

»Miss Hunter?« Er trat auf mich zu, machte eine kleine Verbeugung und gab mir die kräftige, wenn auch nicht muskulöse Hand. Sein Griff war warm und angenehm.

»Mister …«

»Nennen Sie mich Simon, bitte.«

Jeder Fingerbreit wohlerzogen. Die Stimme melodisch und ein wenig dunkel. Die Manieren hervorragend. Eindeutig Upperclass. Wenn auch die Einrichtung auf anderes schließen ließ.

»Ist das Ihr Apartment hier?«

Ein spitzbübisches Lächeln huschte über sein Gesicht. »Oh, nein. Es gehört meiner Tante. Sie ist verreist und hat es mir solange zur Verfügung gestellt.«

Ich stellte mir die Tante unwillkürlich als eine Art Margaret Rutherford-Verschnitt vor und musste ebenfalls lächeln.

»Oder trauen Sie mir einen solchen Geschmack zu?«

Ich schwieg.

»Kann ich Ihnen einen Drink anbieten, Miss Hunter?«

Der Sherry wurde in winzigen, üppig verzierten Gläsern angeboten, die perfekt zum Ambiente passten.

Simon nahm sich lediglich Wasser.

»Nehmen Sie nichts?«, wollte ich wissen und ihm gleichzeitig auf den Zahn fühlen, denn ich hatte eine vage Vorstellung, wohin die Reise gehen sollte.

»Ich trinke noch keinen Alkohol«, erwiderte er höflich und hob sein Wasserglas leicht an. Ich hatte verstanden.

Nachdem wir ausgetrunken hatten, bat er mich mit größter Höflichkeit in eines der anderen Zimmer. Es war ein typisches Jungenzimmer. Mit Schreibtisch. Bett an der Wand, Schränken und Regalen, auf denen Sammelautos und Bücher standen. An den Wänden Poster und Erinnerungen an sportliche Siege. Ich sah mich interessiert um. Alles wirkte, als müsse jeden Moment ein Junge hereingestürmt kommen, seinen Ranzen in die Ecke werfen und rufen: »Ich hab sooo Hunger … Wann gibt's Essen?«

Simon setzte sich an den für ihn reichlich zu niedrigen Schreibtisch, zog ein Buch aus einer Schublade und blickte trübsinnig hinein.

»Gibt es ein Problem?«, fragte ich mitfühlend.

Er nickte stumm.

»Und das wäre?«

Er straffte seinen Rücken, atmete tief durch und sagte dann: »Meine Noten werden immer schlechter. Und sie sagen mir immer, ich wäre zu dumm, zum lernen.«

Sofort schaltete ich um.

»Du bist nicht zu dumm … Du bemühst dich nur nicht. Dir ist alles wichtiger, als die Schule!«

Er senkte schuldbewusst seinen Kopf.

»Und noch eins: Wenn du so weitermachst, wirst du keinen einzigen A-Level schaffen!«

Er wandte sich um und schenkte mir einen aufrichtig verzweifelten Blick. Der Junge hatte was drauf als Schauspieler. Das musste der Neid ihm lassen. Ich stellte mich so dicht hinter ihn, dass, wenn ich mich vorbeugte, meine Brüste ihn berührten. Mein Parfum hüllte ihn ein und ich hörte, wie er tief Luft holte.

»Ich weiß nicht mehr, was ich mit dir machen soll …«, seufzte ich.

Simon lehnte sich ein wenig nach hinten. Langsam streckte ich meinen Arm aus und blätterte in seinem Buch. Er blickte erst mich an, dann küsste er sanft meinen Ellenbogen.

»Was soll das?«, herrschte ich ihn an und er zuckte zusammen. »Mach das nicht noch einmal!«

Seine Augen funkelten. So wollte er also behandelt werden.

»Erst zu faul zum Lernen, und dann sowas! Nimm dich in Acht, Bürschlein!«

»Und wenn ich jetzt …« Er hob seine Hand, ließ sie einen Moment vor meiner Brust schweben und sagte: »… jetzt Ihre Brüste berühren würde?«

»Dann würde ich dir eine kleben!«, versetzte ich stur.

Seine Hand ruhte noch immer einen Fingerbreit vor meiner Titte, deren Nippel sich zu heben begann. Sein starrer auf mich fixierter Blick erregte mich. Und dann griff er zu. Fest. Entschlossen. Drückte mein Fleisch, dass meine Brustwarze hart durch seine Finger wuchs. Mir wurde unendlich heiß.

Das Glühen wanderte von meinem Kopf abwärts, bis ich das Gefühl hatte, in Flammen zu stehen.

Provokant sah er mich mit einem hauchfeinen Grinsen an, während er meine Titte knetete und massierte.

Aber ich ging in die Offensive. Öffnete meine Augen weit, packte sein Kinn und zischte ihn an: »Nimm dich in Acht, Freundchen … Sonst weißt du in einer Minute nicht mal mehr, was dich gerade getroffen hat!«

Aber das Grinsen blieb.

Da packte ich ihn am Revers, zerrte ihn auf die Füße und warf ihn bäuchlings auf den Schreibtisch. Ehe er sich versah, hing seine Hose um seine Füße und sein hölzernes Lineal klatschte auf seinen entblößten, harten Hintern.

Er keuchte auf. Doch dies nicht vor Schmerz, sondern aus Lust. Und erst, als er sich umsah und auf meine Bluse starrte, erkannte ich, dass die Knöpfe abgerissen waren und meine Brüste appetitlich in meinem BH präsentiert wurden.

»Starr mich nicht so an!«, knurrte ich und verpasste ihm noch einen Hieb.

Seine Eier, die zuvor lose zwischen seinen Schenkeln gebaumelt hatten, hatten sich schlagartig in harte Kugeln verwandelt und ich konnte mir lebhaft den Druck vorstellen, den er jetzt in seinem Unterleib verspürte. Die Vertiefungen an den Seiten seiner Backen bewegten sich, bedingt durch das Spiel seiner darunterliegenden Muskeln, geschmeidig unter dem Fleisch. Dass er mit Sicherheit einen Steifen hatte, daran konnte es keinen Zweifel geben. Ich liebte die Art, wie er sich am Tischrand festklammerte und scheinbar jeden neuen Hieb mit größter Lust zu erwarten schien.

»So, mein Junge … und jetzt will ich wissen, ob du mir noch mal an die Brüste fassen wirst!«, kommandierte ich.

Entkräftet hob er seinen Kopf ein wenig an, um ihn gleich darauf wieder sacken zu lassen.

»Nein, Miss Hunter. Sicher nicht … Verzeihen Sie mir.«

Ich richtete mich auf und sah kalt zu ihm herab, während er sich langsam aufrappelte.

»Wieso hast du das getan?«, wollte ich wissen. Doch diesmal legte ich eine gewisse verständnisvolle Weichheit in meine Stimme.

Simon hielt seinen Kopf schuldbewusst gesenkt. »Weil Sie so unglaublich schön sind …«

»Das ist äußerst ungehörig, so etwas zu einer Lehrerin zu sagen«, erwiderte ich streng, wenn auch nicht ganz ohne geschmeichelt zu sein.

»Ich weiß, Miss Hunter. Ich hätte es auch nie gewagt, wenn nicht …« Plötzlich riss er den Kopf hoch und funkelte mich wild an. »Jede Nacht träume ich von Ihnen! Wenn ich Sie sehe, kann ich an nichts anderes mehr denken …«

»Wie kann ich dir helfen?«, fragte ich, ganz Pädagogin.

»Ich hatte noch nie ein Mädchen …« Gesenkter Kopf, zu Boden gerichtete Augen.

»Das glaube ich dir nicht!«, erwiderte ich streng.

»Doch. Es stimmt, Miss Hunter. Und ich weiß nicht, wie ich es anstellen soll, eine Frau glücklich zu machen, so wie sie es gern hat.«

»Dann willst du also, dass ich es dir erkläre …«

Strahlende Blicke, eine leichte Röte auf seinen Wangen. Wirklich, der Junge war ein wunderbarer Schauspieler.

»Würden Sie das tun?«

»Aber natürlich. Ich bin doch deine Lehrerin!«

Sein Schwanz stand hart, mit glänzender Eichel, vor seinem Bauch. Die Adern traten dick geschwollen unter der dünnen

Haut zutage. Damit würde ich beginnen …

»Was tun Sie da?«, wollte er wissen, als ich vor ihm in die Hocke ging.

»Das, was eine Frau normalerweise für einen Mann tut, wenn dieser so angefüllt ist, wie du!«

Ein kleines, hitziges Funkeln trat in seine Augen. Er duftete nach einem herben, männlichen Duschgel, das sich wunderbar mit dem natürlichen Geruch seines Schwanzes mischte.

Ich öffnete leicht meine Lippen, denn ich wollte verhindern, dass er schon in dem Moment käme, wo ich ihn durch die enge Pforte meines Mundes drückte. Und so angespannt wie seine Eier waren, wäre das mit Sicherheit geschehen. Seine Haut rieb seidig und warm über meine Zunge. Wie herrlich, den harten, pulsenden Schwanz eines Mannes zu spüren. Wie er in meine Kehle drängte, immer weiter voran wollte. Meinen Hals penetrieren wie eine Pussy.

Mit weit aufgerissenen Augen blickte ich zu ihm auf. Ich spürte, wie seine Erregung wuchs. Sein Unterleib bewegte sich schneller vor und zurück. Simon war zwar ungeduldig, aber keineswegs unerfahren. Doch ich wollte unser Spiel noch nicht beenden. So drückte ich mit meiner Zunge seinen Schaft gegen meinen Gaumen und bewegte dabei – entgegen seinem Drängen – meinen Kopf langsam vor und zurück.

Er stöhnte leise.

»Das kannst du besser!«, sagte ich an seinem Ständer vorbei.

»Was?«

»Stöhnen! Ich will dich lauter stöhnen hören!« Und im selben Moment saugte ich seinen Harten so fest an, wie ich nur irgend konnte. Das Manöver kam offensichtlich so überraschend für ihn, dass er heftig aufkeuchte. Er warf seinen Kopf in den Nacken und ächzte: »Oh mein Goooot … du bist soooo … guuuuut!«

Ich konnte ein Lächeln nicht unterdrücken, weswegen ich ihn erneut ansaugen musste, was aber lediglich dazu führte, dass er immer schneller atmete und beinahe zu keuchen anfing. Simon war ungeheuer sexy und ich genoss es maßlos, seine harten Eier zu kneten, während er sich dem Gefühl hingab, das ich in seinem Körper auslöste.

Als sein Stoßen immer unkontrollierter wurde, wusste ich, dass ich die Taktik ändern musste, um ihn nicht augenblicklich in meinem Mund kommen zu lassen. Ich hatte zwar nichts dagegen, aber ich wollte den Spaß noch ein wenig hinauszögern. So ließ ich ihn aus meinem Mund gleiten und stand auf.

Seine noch immer heftige Atmung beruhigte sich etwas und er blickte mich verwundert an. »Und jetzt?«

»Jetzt? Willst du ein guter Schüler sein?«, fragte ich mit einer gewissen Herausforderung in der Stimme.

»Ja, Miss Hunter. Natürlich. Sagen Sie mir, was ich tun soll!«

Ich schob ihn vom Tisch weg und setzte mich darauf. Die Beine hob ich an und spreizte sie weit. Indem ich meine Schenkel umklammerte, öffnete ich ihm meine Rose soweit als irgend möglich.

Simon starrte meine nasse und geschwollene Möse an. Seine Augen hatten einen fiebrigen Glanz angenommen und nicht erst, als er seinen Schwanz in die Hand nahm, wusste ich, dass er es für eine Aufforderung hielt, in mich einzudringen.

»Nicht so schnell, mein stürmischer Bursche!«, mahnte ich ihn. »Jetzt wirst du erst etwas für mich tun … Leck meine Pussy!«

Simon riss die Augen auf. »Ich soll Sie zwischen den Beinen lecken, Miss Hunter?«, fragte er entgeistert.

»Genau das! Und gib dir Mühe, sonst werde ich böse und schicke dich nach Hause!«

»Ja. Natürlich gebe ich mir Mühe, Miss Hunter.« Und schon kniete er vor mir und schob seinen Kopf zwischen meine Schenkel. Als sein heißer Atem mein geschwollenes Fleisch streifte, fürchtete ich, den Verstand zu verlieren.

Du kleiner Bastard, schoss es mir durch den Kopf, als nur seine Zungenspitze meine Klit leicht berührte und er ansonsten tatenlos verharrte. Es konnte keinen Zweifel geben: Dieser Bursche wusste, wie man eine Frau aufgeilte.

Kleine, beinahe zuckende Berührungen – mehr gönnte er mir nicht. Ich wollte mich selbst anfassen, doch er stieß meine Hand beiseite.

»Dann leck schneller!«, kommandierte ich und wusste doch, dass er es nicht tun würde.

Jetzt spielten wir nach seinen Regeln. »Willst du es da haben?«, fragte Simon und umkreiste den harten Kern meiner Klit.

Heiße Wellen schwappten durch meinen Körper und ich wollte nichts anderes mehr, als mich von einem gewaltigen Orgasmus mitreißen lassen.

»Jaaa«, stöhnte ich. »Genau da …«

Falsch! Im gleichen Moment hörte er auf. Mir wurde eiskalt vor Wut. Simon aber legte seine Finger an meine Schamlippen und zog sie so weit auseinander, dass mich ein heftiges Brennen erfasste. Als ich mir jenes Bild vorstellte, das sich ihm jetzt bot, begannen meine Säfte heiß zu fließen. Er hatte mich so sehr herausgefordert, dass mein Körper seine eigenen Wege suchte, um sich abzukühlen.

»Verdammt … was ist das?« Nun war er wirklich perplex. Mit weit aufgerissenen Augen starrte er auf mein weit offenes Loch.

»Ich spritze, mein armer ahnungsloser Junge.«

Wie ein die Welt erforschender Junge legte Simon seinen

Zeigefinger in jene Flüssigkeit, die in solchen Mengen aus mir herausfloß.

»Willst du es kosten?«

Ob er mich überhaupt hörte? Mit einer gewissen Verzögerung kam seine Reaktion. Er nickte, ohne seine Blicke von meiner Nässe abzuwenden. Dann zog er seinen Finger ab und schob ihn etwas zögerlich zwischen seine Lippen. Zu sehen, wie sein Gesicht das spiegelte, was in seinem Innern vor sich ging, brachte mich beinahe um den Verstand.

Leckte er seinen Finger zunächst nur langsam, gerade so, als erwarte er einen üblen Geschmack, kam er doch nur allzu bald darauf, dass mein Saft warm und sexy schmeckte. Und nun tauchte er seine Finger wieder und wieder in mein Loch, schleckte sie sauber und gab sich ganz dem Genuss hin. Verblüfft betrachtete ich, wie er plötzlich seinen Kopf vorschob und begann, sogar meine Schenkel abzulecken, an denen meine Nässe klebte.

»Es ist wunderbar. Ich habe noch nie so leckeren Saft gekostet«, strahlte er mich an. »Dafür will ich dir danken!« Sein Dank bestand darin, dass er mich spüren ließ, mit welch ungeheurer Geschicklichkeit seine Zunge mein Loch zu penetrieren verstand.

Ja, er fickte mich förmlich ebenso gut, wie ein praller Schwanz, nur, dass seine Zunge über eine wesentlich größere Geschicklichkeit verfügte, in jede meiner Falten vorzudringen und mein Fleisch zu reizen und zu quälen.

Jetzt war es an mir, die Augen zu schließen und nur noch dessen zu harren, was auf mich zukommen würde. Der Orgasmus war fantastisch. Meine Beine zuckten und stießen wild neben seinem Kopf, während er mich erbarmungslos weiterleckte. Ich fürchtete, den Reiz nicht mehr bändigen zu können und beschloss, es sein zu lassen. Von seiner Zunge mitgerissen, packte ich seinen Kopf, zog mich nach vorn und ließ den Orgasmus mit einem lauten Schrei aus mir heraus. Dieser Schrei schien eine Art Initialzündung für Simon zu sein, denn er ließ von meiner Möse ab, stand auf und stieß seinen Schwanz ohne Vorwarnung in mich hinein. Jetzt konnte ich mich nur noch abstützen und versuchen, seinen kräftigen Hieben Widerstand entgegenzusetzen, um ihn meinen Körper noch intensiver spüren zu lassen.

Sein Mund stand leicht offen, was ihn noch sexier machte, und ich genoss den Anblick seiner Versunkenheit in das, was er mit mir tat.

Simon wurde mit jedem Atemzug schneller. Seine Bewegungen hielten ihren Rhythmus, doch wo er zuvor hart in mich gestoßen hatte, übernahm nun die Geschwindigkeit die Kontrolle. Mit angespannter Miene, ganz auf sein Tun konzentriert, vögelte er mich wild bis zu jenem Moment, da er die Augen schloss und erstarrte. Er schien dem Weg seines Samens in meinem Inneren zu folgen, sich auf die Lust zu fixieren, die ihn auf stummen Schwingen davontrug.

Ich beobachtete ihn dabei und genoss es maßlos, ihn so zu sehen, bis sich seine Züge entspannten, seine Lenden sich lockerten und er sich, nach weiteren Atemzügen, aus mir zurückzog. Sein Schwanz war weich geworden, aber er glänzte von unseren Säften. Ich konnte nicht widerstehen. Musste mich einfach zu ihm hinunterbeugen und sauberlecken. Seine Männlichkeit versuchte eine weitere Erektion, doch er scheiterte. Stattdessen zog er wieder seine Schuluniform an, rückte seine Krawatte zurecht und lächelte.

»Denken Sie, ich werde meine A-Levels schaffen?«, fragte er scheu.

»Oh, aber da bin ich mir ganz sicher!«, erwiderte ich.

11. Es verschwindet im Nebel

Die Nummer mit Simon hatte mir ausgesprochen gut gefallen. Und sie hatte mir gezeigt, dass ich begonnen hatte, manche Männer unter meinen Kunden mehr zu begehren, als andere.

Es konnte keinen Zweifel geben: Bislang hatte ich keine Unterschiede gemacht. Jeder Mann, egal wie alt oder jung, welcher Statur oder welchen Aussehens, war mir recht gewesen. Ich hatte nicht so sehr den Mann gewollt, sondern vielmehr den Sex. Für mich bot jeder Liebhaber eine neue Variation des gleichen Vergnügens und deswegen hatte ich auch so gut wie nie einen zurückgewiesen. Natürlich war ein Mann attraktiver, als ein anderer, aber im Endeffekt kannte ich keine Vorurteile.

Jetzt aber saß ich hinter Danny und fragte mich ernsthaft, wann der erste kommen würde, der mich abstieß. Wann der erste, dessen Geruch ich nicht mochte. In meinem Leben waren die Dinge in Bewegung geraten. Festgefügte Dinge hatten sich verschoben. Manchmal, sagte ich mir, ging ein Kapitel zu Ende, und man schlug ein neues auf.

Ich hatte das unbestimmte Gefühl, mich immer weiter von George und meinem Job wegzubewegen. All das, was mich von Anfang an gereizt hatte, schien in einer Art Nebel zu verschwinden.

12. Nemo

Die Polizeiuniform brauchte ich nicht oft, deswegen lag sie in meinem Schrank mit den Kostümen für die Rollenspiele ziemlich weit unten. Normalerweise wollten nur jene Kunden eine Polizistin, die es liebten, angeherrscht und gezüchtigt zu werden.

Doch für heute war die Anweisung klar, also zog ich einen weißen Seidenslip an und einen dazu passenden schlichten BH. Dazu die Uniform mit schmalem, dunklen Rock und Jacke. Mein Haar steckte ich straf nach oben und verstaute die Mütze in einer Tasche. Es war eine echte Uniform, und ich wollte nicht riskieren, damit »geschnappt« zu werden.

Tief in mir wusste ich, dass es einer meiner letzten Jobs für George wäre, was mich mit einer Melancholie erfüllte. Aber ich durfte nicht sentimental werden. Nicht nur, weil dieser Job allgemein nicht für so etwas taugte, sondern auch, weil ich mir vorgenommen hatte, den Blick nach vorn zu richten. Mich auf mein neues Ziel zu konzentrieren: den Escort-Service.

Das Haus, vor dem Danny anhielt, war ein karger Betonklotz, dessen Apartments offensichtlich zu einem Gutteil leer standen, wie man an den leeren Fenstern, die in ebenso leere Zimmer wiesen, erkennen konnte. Nebenan lag ein Basketball-Platz, jetzt verwaist, der mich seltsam an jenen erinnerte, an dem ich stets vorbeigekommen war, wenn mich George mit seiner Limousine an meiner damaligen Wohnung abgeholt hatte.

Es gab noch ein paar halb abgerissene Zettel an den Klingeln. Nur eine Klingel stach aus den anderen hervor: Mit einem nagelneuen Aufkleber versehen, zeigte sie mir den Weg zu »Mister Nemo«. Ich musste schmunzeln, denn offensichtlich hatte mein Kunde sowohl Humor, als auch literarische Kenntnisse. Oder er mochte Kinderfilme.

Außerdem wurde mir sofort klar, dass die Wohnung nur für diesen Abend angemietet worden war. Also klingelte ich bei Mister Nemo und im nächsten Moment sprang die Tür auf, sodass ich eintreten konnte. Die Wohnungstür stand offen, was nicht wirklich ungewöhnlich für mich war.

Das Apartment selbst war eingerichtet, wie viele, die ich früher gekannt hatte. Billige Möbel. Schlecht gestrichene Wände, denen man ansah, dass es beim Einzug hatte schnell gehen müssen. Seidenblumensträuße in den Fenstern, wie man sie auf Jahrmärkten schießen konnte.

Ich suchte das Bad. Es war winzig. Mit einem halben Schritt war man jeweils von der Badewanne an der Toilette, beziehungsweise dem Waschbecken. Ein kalkbelagerter Duschvorhang drückte sich gegen die Wand. Jemand hatte einen Wäscheständer in die Wanne gestellt, an dem ein T-Shirt und ein Hemd hingen.

Ich legte meine Uniform an, schob mein Haar unter die Mütze, kontrollierte in dem abgenutzten Spiegel mein Aussehen und verließ dann das Bad.

Jetzt galt es nur noch, meinen Kunden zu finden.

»Hallo … Mr Nemo … Sind Sie da?«, rief ich und lauschte auf eine Antwort.

Nichts. Stattdessen knallte eine Tür. Ich ging langsam den engen, düsteren Flur hinunter. Rechts von mir erkannte ich ein Schild: »Vernehmungszimmer«. Aha!

Gedämpftes Rumpeln. Dort, in dem Zimmer mir gegenüber, war er also. Obwohl ich es wusste, stellten sich meine Nackenhaare auf. Ein Prickeln rauschte über meinen Rücken und mein Atem ging schneller. Ganz in Krimi-Manier stieß ich die Vernehmungszimmer-Tür auf, nahm meine Gaspistole in Anschlag und pirschte mich hinein. Es war das Zimmer eines jugendlichen Fußballfanatikers. Überall hingen Fahnen, Fan-Schals, Erinnerungsfotos. Am Boden lediglich eine Matratze, auf der das Bettzeug zerknüllt war. Kurz: Es herrschte das reine Chaos.

Der Angriff erfolgte blitzschnell und ohne jede Vorwarnung.

Es war nur der Tatsache zu verdanken, dass das Zimmer so klein war und ich meinen Kunden aus dem linken Augenwinkel wahrgenommen hatte, dass ich einen Sprung in den Raum machen, mich umdrehen und ihn packen konnte. Er war ein ganzes Stück größer und auch breiter als ich, aber da es nur ein Spiel war, setzte er mir keinen größeren Widerstand entgegen. Schnell bog ich seine Arm auf den Rücken, was er mit unterdrückten Flüchen quittierte. Ich stieß mein Knie in seine Kniekehlen und schubste ihn auf die Matratze.

»Verdammter Mist!«, knurrte er, während ich ihn, auf seinem Rücken kniend, fixierte. Er hatte dunkles, kurz geschorenes Haar, durch das man die Kopfhaut sehen konnte. Sein Körper war muskulös, aber mit einer Idee Speck. Da ich nur einen Teil seines Gesichts sehen konnte, schätzte ich ihn auf Anfang dreißig.

Scheinbar tat ich ihm wirklich ein wenig weh, denn er wand sich mit verzogenem Gesicht, was wohl nicht allein auf die Schauspielerei zurückzuführen war.

»Mach keinen Fehler, Freundchen«, herrschte ich ihn an.

Er blickte sich zu mir um. Seine Augen waren von einem durchdringenden Blaugrau, das in einem gewissen Gegensatz zu seinem dunklen Haar stand.

Während ich ihm Handschellen anlegte, achtete ich darauf, dass meine Brüste gegen seinen Rücken drängten.

»Was glotzt du mich so an?«, zischte ich.

Er grinste. Entweder spielte er den Provokateur oder meine Titten gefielen ihm wirklich. Allein seine lüsternen Blicke genügten, dass sich meine Nippel hart aufrichteten. Er starrte sie an und wollte es auch gar nicht verbergen.

»Ich durchsuche dich jetzt. Oder soll das mein Kollege tun?«

Er schwieg und konzentrierte sich offensichtlich auf meine

Hände, die sich jetzt fest um seine Waden legten, in den Schaft seiner schweren Stiefel vordrangen und dann an seinem Bein aufwärts wanderten. Ich durchsuchte ihn langsam und intensiv. Es ähnelte eher einem Massieren, als einer polizeilichen Durchsuchung und er genoss es offensichtlich.

Als meine Hände an der Innenseite seiner Oberschenkel ankamen, spannte er die Muskeln an. Und als sich meine Fingerspitzen seinem Schwanz näherten, schoss das Blut in ihn. Nur wenige Atemzüge später pulste sein Ständer, pochte gegen seinen Bauch. Er trug eine weite Armeehose, sodass ich es nicht unbedingt bemerkt hätte, wenn ich nicht genau in jenem Moment nicht nur seine Eier gestreift, sondern auch meine Hand auf seinem Ständer ruhengelassen hätte.

Mr Nemo schluckte hart. Jetzt rang er mit seiner Beherrschung. Seine Kiefer mahlten und eine heftige Röte schoss in seine Wangen. Unter größter Anstrengung schien er die Augen zu schließen und kämpfte wohl das Bedürfnis nieder, sich selbst anzufassen. Doch ich ließ ihm keine Atempause und drückte an seinem Schwanz herum.

»Ich bin nicht bewaffnet, Süße!«, knurrte er. Für den kessen Spruch kassierte er einen Stoß gegen den Hinterkopf.

»Hey … Das tut doch weh!«, protestierte er, wenn auch wenig überzeugend, denn ich hatte die Hände von ihm genommen und das gefiel ihm noch wesentlich weniger, als der Schmerz an seinem Schädel.

»So, hoch jetzt. Oder machst du'n Picknick?« Kräftig riss ich an seinen Händen und Mr Nemo konnte sich grade noch so abfangen. Er taumelte beinahe gegen mich. Ich stieß ihm den Ellenbogen andeutungsweise in die Magengrube und zischte: »Versuch's nicht mal!« Dann drückte ich seinen Kopf nach unten und schob ihn aus dem Raum, direkt in das »Vernehmungszimmer«. Es war nur mit einem hölzernen Tisch und zwei gegenüberstehenden Stühlen möbliert. Auf dem Tisch stand ein altmodischer Kassettenrekorder, wie ich ihn noch aus meiner Kindheit kannte.

Mr Nemo leistete ganz leichten Widerstand gegen meinen Griff und den Druck, den ich gegen seinen Rücken ausübte, während ich ihn zu dem Stuhl schob und ihn dort niederdrückte.

Der Druck meiner Hand auf seinem Schritt ließ ihn wie aus einer Trance erwachen. Im nächsten Moment packte er mich bei den Oberarmen und presste seine Lippen auf die meinen.

Ich wehrte mich nicht. Im Gegenteil. Ich öffnete meine Lippen weit und noch ehe er in mich eindringen konnte, ließ ich bereits meine Zunge durch seinen Mund streichen. Er starrte mich kurz an und schloss dann die Augen, als bräuchte er all seine Konzentration, um sich ganz diesem wilden, gierigen Kuss hingeben zu können. Entschlossen drückte ich meine Brüste gegen seinen Oberkörper und streifte mit meinem Oberschenkel die Beule in seiner Hose. Er keuchte vor Leidenschaft.

Er war nur um Haaresbreite vor der Explosion, als er sich ein Stück von mir löste, zurücklehnte, beide Seiten meiner Bluse ergriff und aufriss. Das Klicken der sich auf dem Linoleumboden verteilenden Knöpfe hallte in meinem Kopf.

Ob er erwartete, dass ich schrie? Oder ihn wieder in den Polizeigriff nahm? Aber ich schrie nicht. Ich machte auch keine Anstalten, ihn niederzuschlagen. Er starrte auf meine Brüste und meine Nippel, die an dem BH rieben und hart wurden, mindestens so hart wie sein Schwanz.

Das Hemd hing seitlich an mir herab und mein Bauch senkte sich ebenso hektisch wie meine Brust. Der Kerl mit seinen wilden Blicken erregte mich.

In einer merkwürdig verzweifelten Geste strich er mit einer Hand durch sein stoppeliges Haar, sah mich fragend an und öffnete dann, als ich mich nicht rührte, meinen Rock. Ich hielt die Kante der Tischplatte umklammert, während er ruckend den Reißverschluss herabzog. Er stieß mit der ganzen Hand hinter das kleine Stoffdreieck meines Slips und spürte dabei offensichtlich, dass meine Möse rasiert war. In diesem Moment der nahenden Ekstase hätte ihn wohl nicht mal eine Waffe von dem abhalten können, was wir beide so augenscheinlich wollten.

»Wie heißt du?«, stieß sein Atem heiß in mein Haar.

»Emma«, antwortete ich, als drücke mir jemand den Hals zu, während ich mich mühte, seine Hose zu öffnen. Er kam mir mit Händen zu Hilfe, die so sehr bebten, wie ich es zuvor nur bei sehr unerfahrenen Liebhabern erlebt hatte. Sein harter Schwanz wippte gegen seinen Unterbauch und ich bemerkte es zufrieden.

Ich ging vor ihm in die Hocke, nahm die Knie auseinander und umfasste seinen Schaft. Ein Keuchen entrang sich seiner Kehle. Das Blut rauschte in meinen Adern, in meinem Kopf. Ich ließ mich von unserem Spiel mitreißen und wollte ihn mit einer Macht, die mich selbst überraschte.

Die Art, wie ich meine Lippen zu einem festen Kreis formte, wie ich seine strammen Eier knetete und dabei an der zarten Haut zupfte, brachte ihn sichtlich um den Verstand. Er hielt meinen Kopf zwischen den Händen, betrachtete mich und bestand nur noch aus Gier. Wie ein Irrer stieß er in meinen Mund, benutzte mich mit tiefer Inbrunst, und wir vergaßen alles um uns herum. Mein ganzes Können legte ich da rein, seine Vorhaut vor und zurück zu bewegen und ihm mit meiner Zunge äußerste Wollust zu bescheren.

»Ich will in deinem Mund kommen, darf ich?«

Die Frage war mir bekannt. Zu viele Frauen fanden dies abstoßend. Und er wollte wohl weder Gefahr laufen, mich zu verärgern noch mich zu sehr darauf aufmerksam zu machen, als dass ich mich plötzlich vor ihm ekeln könnte.

Mit unsicherer Hand schob er mich von sich und flüsterte: »Nein, ich komme gleich, Süße!«

Ich sah zu ihm auf und lächelte. Mit einem Augenaufschlag wie ein Reh, und genoss es, ihn schmelzen zu sehen.

Vorsichtig reichte er mir die Hand und half mir auf. Als sich mein Gesicht dem seinen näherte, konnte er sich nicht beherrschen und legte seine Lippen sanft auf meine. Und während wir uns so küssten, riss ich bereits an meinem Slip und Mr Nemo schob mich auf den Tisch.

Er massierte und knetete meine empfindsamen Brüste, deren hart erigierte Nippel sich gegen seine Handflächen drückten, während ich seinen Schaft an jene Stelle führte, die ihn mit warmer Feuchtigkeit erwartete. Seine Eichel war kaum an meinem Loch angesetzt worden, da glitt er auch schon in mein Inneres.

Ich stöhnte auf, verbiss mich förmlich in seine Lippen und schlang meine Arme um seinen kräftigen Nacken. In der gleichen Bewegung rutschte meine Mütze vom Kopf und fiel mit dumpfem Ton zu Boden. Mein Haar löste sich und er starrte es an wie ein Weltwunder. Jetzt konnte er noch tiefer in mich eindringen. Er küsste mich wie rasend und stieß dabei ohne Unterlass in meine glatte Lusthöhle.

Als ich meine Lippen von den seinen gelöst hatte und er mit lustverzerrtem Gesicht zwischen meine weit gespreizten Schenkel starrte, geriet er vollkommen außer sich. Wieder und wieder rammte er seinen Ständer in meine Pussy. Welcher

Anblick, ihn in ihr verschwinden zu sehen! Zu sehen, wie er meine Schamlippen auseinanderdrückte und mich so zum Stöhnen und Wimmern brachte.

Der Orgasmus war so nahe, dass sich alles um mich zu drehen begann. Stirn an Stirn lagen wir aneinander. Wir starrten an uns selbst herab, unfähig, einen letzten klaren Gedanken zu fassen.

»Ich ... komme ... Baby ... jetzt ...«, stieß er hervor.

Ich hatte das Gefühl, vor Gier zu ersticken.

Die Hitze pulste in seinem Ständer. Der Schweiß trat aus allen Poren. Seine Knie zitterten vor Anstrengung. Wild stieß er in meine Pussy, wieder und wieder. Immer schneller. Sie fraß ihn förmlich mit ihren gierigen Lippen auf. Ich stand um Haaresbreite vor einem gewaltigen Orgasmus, wollte, dass er meine Klit wichste. Aber er konnte nicht mehr auf mich reagieren, denn er explodierte. Sein Schwanz pumpte seinen Samen in meinen Unterleib. Füllte meine Pussy mit glühender Lava. Flirrende, bunte Blitze tanzten hinter meinen Lidern. Das Beben erfüllte meinen Körper und meinen Verstand. Als schwebte ich auf einer Wolke durch ein Gewitter ...

Sein ganzer Körper bebte, als er sich gegen mich lehnte. Beide waren wir erschöpft bis zur Bewusstlosigkeit, hielten uns dabei umschlungen, küssten uns ab und an. Ich sehnte mich danach, jetzt mit diesem Mann in ein ganz normales Bett zu steigen und, ihn in meinen Armen haltend, einzuschlafen.

»Wir ... müssen ...«, mehr sagte ich nicht, sondern schob mich vom Tisch. Und als ich mit flacher Hand über jene kleine helle Lache strich, die aus mir herausgeflossen war, kam er mir schon mit seinem Hemdzipfel zur Hilfe. Ich schlug notdürftig die beiden offenen Seiten meines Hemdes übereinander und stopfte sie dann in den Rock. Auch Mr Nemo ordnete seine

Sachen wieder, wenn dies auch nicht ganz so schwierig war, wie bei mir.

»Du wirst einen verdammten Haufen Ärger kriegen«, sagte er leise. Er beobachtete mich, wie ich mich bewegte, wie ich ihn ansah.

»Es wird sich in Grenzen halten«, erwiderte ich selbstsicher.

13. Ein eisiger Schauer

Es hatte zu tauen begonnen, doch am späten Nachmittag setzten die Schneefälle erneut ein. Der Wetterdienst meldete, dass man mit einem ebenso langen wie harten Winter zu rechnen habe.

Das Wetter war so mies wie meine Laune und deswegen freute ich mich nicht wenig über die Einladung zu einem privaten Ball bei einem Stammgast. Nun darf man sich unter einem »Privatball« keineswegs eine intime Angelegenheit vorstellen. Im Gegenteil! Er fand in der Stadtvilla der Familie statt und die Gästezahl ging in die Hunderte.

Das Taxi, in dem ich vorfuhr – eines der bescheidensten Vehikel an diesem Abend – reihte sich nahtlos in einen metallenen Lindwurm klassischer Ausmaße. Bentley hinter Rolls, Rolls hinter Aston Martin …

Die zahllosen Fenster der Villa waren hell erleuchtet und diverse Diener öffneten Autotüren und halfen den Gästen beim Aussteigen. Die Pracht der Roben, Orden und Geschmeide war kaum zu übertreffen.

Dennoch beschlich mich ein leises Unwohlsein. Erinnerte ich mich doch noch gut an jenen Ball in der Albert Hall, zu dem ich Sergeij begleitet hatte, und wo mir klar geworden war, dass ich niemals mit dem Blitzlichtgewitter zurechtkommen würde, das sein Erscheinen in mir auslöste.

An diesem Abend aber saß ich allein auf der Rückbank und schritt allein die Treppen zur weit geöffneten Eingangstür hinauf, wo bereits ein distinguierter Herr in schwarzem Cut wartete und die vorgezeigte Einladungskarte auf seiner Liste abhakte. Ich ließ mein Entrebillet in meiner Balltasche verschwinden und trat ein.

Das Summen der Stimmen und der ferne Klang des Orchesters bei einem solchen Ball ist mit nichts anderem zu vergleichen. Eine funkelnde Pracht wie aus einer längst verschwunden geglaubten Epoche.

Ich war noch immer »Mädchen vom Lande« genug, um den Anblick nicht desinteressiert hinzunehmen, sondern mit weit offenen Augen zu genießen.

Für den Anlass hatte ich eine lange Robe aus altrosa Schantungseide gekauft. Es hatte ein Bustieroberteil, das in einer strengen A-Linie zum Saum hin weit auslief. Von vorn, ohne jeden Schmuck, wirkte allein die schimmernde Seide. Hinten allerdings, war der Stoff so verarbeitet, als sei er eingeschlagen und würde von einer Schleife gehalten. Von dieser Schleife nun ging eine Schleppe aus, die eine Handbreit länger war, als der Saum und dem Ganzen einen leicht majestätischen Touch gab. Zum Bedecken meiner nackten Schultern trug ich eine Stola aus dem Stoff des Kleides. Dazu trug ich lange, weiße Abendhandschuhe und ein goldenes Täschchen. Mein einziger Schmuck bestand aus Diamantohrringen und einer Diamantbrosche, die ich zweckentfremdet ins Haar gesteckt hatte.

Als ich an einer der mit Spiegelelementen versehenen Wände vorüberkam, durfte ich mir zufrieden eingestehen, eine gute Wahl getroffen zu haben.

Ich erkannte schon beim Beschreiten der gewaltigen Freitreppe zum Ballsaal den einen oder anderen Kunden. Doch wie immer unterließ ich jegliche Geste, die auf dieses Erkennen hätte hindeuten können.

Nur beim Gastgeber und seiner Frau, die oben an der Treppe standen, um die Gäste zu begrüßen, bedankte ich mich dafür, dass man bei diesem Ereignis an mich gedacht hatte, woraufhin er mir zuflüsterte: »Ich denke immer an dich!«

Dass ich mich über diesen Satz freute, gestehe ich gern. Ich folgte den anderen Gästen und der deutlicher werdenden Musik. Der Ballsaal war bereits derart mit Gästen angefüllt, dass ich mich ernsthaft fragte, in welche Ecken man all diejenigen packen wollte, die noch draußen standen …

Selbst meine kleine Schleppe musste ich wieder und wieder hochnehmen, damit niemand darauf trat. Gerade, als ich mich leicht bückte, den Stoff aufnahm und mich wieder aufrichtete, stieß ich gegen einen anderen Gast. Unwillkürlich wandte ich mich um, damit ich mich entschuldigen konnte. Da blickte ich in ein Paar olivenfarbener Augen. Ein eisiger Schauer floss über meine Arme und meinen Rücken. Meine Nackenhaare stellten sich auf und eine Gänsehaut überzog meine Arme. Vom Pochen in meinem Unterleib ganz abgesehen.

Wir standen nur da und starrten uns an.

In irgendeiner nebelhaften Ferne nahm ich wahr, dass die Musik erst eine kleine Pause machte und dann zu einem neuen Walzer anhob. Ohne ein Wort hielt Derek mir seine Hand hin. Ich ergriff sie ohne zu zögern und ließ mich von ihm auf die Tanzfläche führen. Mit einem Mal vergaß ich meine Schleppe, die dicht gedrängt Tanzenden, die Musik, ja meine gesamte Umwelt. Meine Augen galten nur ihm. Meine Hände berührten seine, und meine Füße folgten seinen Schritten. Warm und fest lagen seine Finger um meine und drehten mich ruhig und entschlossen in einem langsamen Kreis. Wie wundervoll seine Lippen waren, wie schön seine vollen Brauen über den seidigen Wimpern!

Und dann traf mich der Gedanke mit voller Wucht: Er war verheiratet. Irgendwo hier im Saal war Laura. Seine Laura. Wartete vielleicht auf ihn, dass er sie als Nächste auf die Tanzfläche führte. Wir kannten uns … In meinem Kopf begann eine mächtige Faust in Richtung der Schläfen zu pochen. Von Atemzug zu Atemzug schien mein Gehirn förmlich anzuschwellen, bis die Musik zu einer unerträglich dröhnenden Disharmonie wurde.

Ohne nachzudenken, machte ich mich von Derek los, raffte meine Schleppe und eilte, andere Gäste beiseite stoßend, nach draußen. Doch selbst auf dem riesigen Balkon, meine Stola fest gegen die eisige Nachtluft um die Schultern gezogen, endete der Kopfschmerz nicht. Ich fürchtete, mich jeden Moment übergeben zu müssen. Mein Herz raste und mein Magen hatte sich zu einer kleinen, glühenden Kugel zusammengezogen. Mühsam konzentrierte ich mich auf die eiskalte Luft, die in meine Kehle strömte, presste meine Hand gegen die steinerne Balustrade und konnte doch kaum meine Beherrschung zurückerlangen.

Er war verheiratet. Wieso hatte ich das nur so spät begriffen? Wie hatte ich mir so lange etwas vormachen können? Ich hätte längst die Notbremse ziehen müssen, hätte ihm aus dem Weg gehen müssen. Job und Leidenschaft trennen. Spätestens seit ich von seiner Verlobung erfahren hatte …

In mir tobte ein Kampf. Jede Faser meines Seins brannte für ihn und doch konnte es für ihn und mich keine Zukunft geben. Mochte Laura schwanger sein oder nicht. Es durfte nicht sein!

In diesem Moment wollte ich nur noch weg. Aber welchen Ort ich mir auch vorstellte, er versprach nicht die Erlösung von jenen Gedanken, die mich wie finstere Dämonen heimsuchten. Denn es waren alles Orte ohne ihn.

»Warum bist du eben davongelaufen?«

Ich drehte mich nicht um. Glaubte sogar für einen Moment, meinen Herzschlag anzuhalten. Meine Augen fixierten den schneebedeckten Park mit den mächtigen Bäumen, die ihre rußschwarzen Äste in den Nachthimmel streckten.

»Ich bin nicht davongelaufen. Ich habe Kopfschmerzen.«

»Ja. Natürlich. Kopfschmerzen«, echote Derek meine Worte.

»Geh wieder rein«, forderte ich ihn auf und bemühte mich, keinerlei Gefühlsregung in meine Stimme zu legen.

»Emma … Wollen wir nicht Freunde sein? Ich sehe doch, wie du dich quälst …«

Die Äste schienen in meine Richtung zu wachsen, als wollten sie mich mit sich zerren. Meine Fingerkuppen krallten sich an die Balustrade. Freunde, dachte ich … Welcher Hohn!

Ich drehte mich zu ihm um und stieß hervor: »Freunde? Ja? Und wie stellst du dir unsere Freundschaft vor? Wie kann ich mit einem Mann befreundet sein, der mir droht, meine Tür mit seiner Limousine einzufahren, wenn ich ihm nicht öffne?« Ich sah ihn bewusst an. Da war wieder diese unendliche Melancholie in seinen Zügen, die mir gleich bei unserer ersten Begegnung aufgefallen war. Aber heute sah er gesünder aus, als damals. Laura tat ihm wohl gut. Eine Erkenntnis, die mir die Tränen in die Augen trieb.

»Es tut mir leid. Die Aktion mit dem Auto war Mist. Aber Laura und ich hatten einen riesen Streit gehabt und ich … ich bin halt durchgedreht.« Seine Blicke wanderten über mein Gesicht, als suchten sie dort nach Verzeihung.

»Derek … Geh weg. Bitte.«

Nur seine Augen berührten mich, als er sagte: »Mir liegt so viel an dir … Ich will dich nicht verlieren.«

So hatte er nie zuvor mit mir gesprochen. All die Wut, die sonst jedes Mal aus ihm herauszubrechen schien, wenn wir aufeinandertrafen, war verschwunden. Oder bemerkte ich es jetzt erst? Hatte ich ein Bild von ihm in mir getragen, das so gar nicht mehr stimmte?

Wie ruhig und gefasst er wirkte …

»Emma, ich wollte dich … aber auch Laura. Sie ist eine so wunderbare Frau … Ihr beide habt mich gerettet!«

Ich konnte ihm nicht mehr zuhören. Es überstieg meine Kräfte bei Weitem. »Hör zu, Derek, ich sage dir das jetzt nur ein Mal: Ich will dich nicht mehr sehen! Es ist vorbei! Was auch immer zwischen uns gewesen sein mag, es ist Vergangenheit. Ruf mich nicht mehr an! Steh nicht mehr vor meiner Tür! Und wenn wir uns begegnen, dann tu bitte so, als würdest du mich nicht kennen.«

Ich drängte mich an ihm vorbei, eilte in die Halle und bat einen der Diener, mir ein Taxi zu besorgen. Es schien eine Ewigkeit zu dauern, bis es endlich auftauchte und ich beinahe fluchtartig in den Font sprang. Als der Fahrer Gas gab, sah ich aus dem Augenwinkel Derek auf der Freitreppe stehen. Und ich wusste, dass sich dieses Bild auf Ewig in meine Erinnerung brennen würde.

14. ICH WILL DICH NICHT FICKEN

»Ich will dich nicht ficken.« Eine ruhige Feststellung. Darren hatte sich in der mit rotem Leder bezogenen Bank nach hinten gelehnt und sah mich beinahe gelangweilt an. Es zeugte von schlechten Manieren, wie er jetzt seine Hände hinter seinem Kopf verschränkte. Sein akkurat geschnittenes Haar glänzte wie ein Weizenfeld in der Julisonne.

Der Kellner stand noch neben unserem Tisch, in Erwartung der Bestellung. Und ich hätte schwören können, ausgehend von dem kleinen bösartigen Grinsen in seinem Gesicht, dass Darren es auch genau deswegen gesagt hatte.

»Ich nehme den Coq Au Vin«, sagte ich und der Kellner nickte knapp.

»Sehr wohl. Und der Herr?«

Darren überflog die Karte und blickte dann so nachdenklich zur Decke, dass man hätte meinen können, er denke sich gerade ein Gericht aus. Ruckartig senkte er seinen Kopf und sagte wie aus der Pistole geschossen: »Steak. Blutig.«

»Und dazu?«, ergänzte der Kellner.

»Nichts.«

Ich blickte dem weißen Jackett nach, während Darren sagte: »Das bin ich meinem schlechten Ruf hier schuldig.« Dabei lachte er ein klein wenig zu laut für solch ein vornehmes Restaurant.

»Essen soll satt machen und mir Energie geben. Diesen ganzen *Haute Cuisine*-Mist können sie weglassen.« Das Lächeln in seinem Gesicht war ungebrochen.

Ich betrachtete ihn aufmerksam, denn so ein Mann war mir noch nie untergekommen. Längliches Gesicht, eine etwas zu lange Nase und ein üppiger, ausdrucksstarker Mund. Wenn er lächelte, verschob sich sein Mundwinkel und gab ihm etwas Zynisches. Wobei ich davon ausging, dass er sich eben dieses Lächeln genau zu diesem Zweck antrainiert hatte.

»Weißt du, ich vögel so viele Mädels, dass ich es wirklich nicht brauche, mit einer gegen Geld in die Kiste zu hüpfen.«

Seine blauen Augen blitzten wie die eines aufmüpfigen Jungen.

Unser Essen enthob mich einer Entgegnung.

Ein Blick auf seinen Teller genügte, um mich auflachen zu lassen. Die Küche hatte sich alle Mühe gegeben, aus seinem Steak ein kleines *Haute Cuisine*-Kunstwerk zu machen. Darren blickte auf die Kreation und zum ersten Mal war das Lächeln an diesem Abend verschwunden.

»Das glaub ich jetzt nicht«, stieß er beinahe atemlos hervor. »Was ist DAS denn?«

Der Kellner blickte gequält drein. Allerdings nicht, weil er einen Fehler beim Chef vermutete, sondern weil er mit solch einem Gast geschlagen war. »Ist etwas nicht in Ordnung, Monsieur?«, fragte er gepresst.

»Nein«, kam ich seiner zornigen Entgegnung zuvor. »Alles bestens. Vielen Dank!«

Der Kellner beschloss, nicht weiter nachzuhaken und verschwand.

»Ich habe ein Steak bestellt, und kein … Was immer das auch ist!«, brummte Darren missmutig und zerschnitt sein Fleisch. »Kann ich?«, fragte er und zog, ohne meine Antwort abzuwarten, meinen Platzteller heraus und schob alles, was nicht Steak war, auf meinen Platzteller.

Mühsam unterdrückte ich ein Grinsen. Um es ihn nicht sehen zu lassen, senkte ich meinen Kopf tief über den Teller und begann, mein Huhn zu essen.

»Ist es gut?«, fragte ich, nachdem er innerhalb von Minuten seine ganze Portion aufgegessen hatte. Er nickte, wenn er auch offensichtlich der Qualität der Zubereitung keine große Bedeutung beimaß.

Als er geendet hatte, nahm er die Stoffserviette, wischte sich energisch den Mund ab und lehnte sich zurück, wie ein

Arbeiter, der ein kompliziertes Projekt beendet hat.

»Weißt du – um auf unser Thema zurückzukommen – ich habe diesem Treffen mit dir nur zugestimmt, weil George so entgeistert geguckt hatte, als ich ihm sagte, dass ich keinen Bedarf an einer Nutte hätte. Er meinte, du seist eine der Besten. Aber auch das reizt mich nicht. Ficken ist für mich spontane Entspannung. Wärst du jetzt irgendeine Frau, die sich zu mir an den Tisch gesetzt hätte, weil der Stuhl noch frei war, und hättest mir zu verstehen gegeben, dass du mich geil findest … Klar, dann würde ich nicht Nein sagen. Aber so …«

Mein Stück Huhn begann eine kleine, von der Gabel angetriebene Fahrt durch den Saucenspiegel auf meinem Teller.

»Oder bekommst du Ärger, wenn ich dich nicht bumse?« Sein breites Grinsen machte aus seiner Frage einen Witz.

»Ich und Ärger bekommen?« Jetzt musste ich grinsen. »Ich bekomme höchstens Geld …«

Die Antwort gefiel ihm offensichtlich.

»Du bist nicht auf den Mund gefallen«, sagte er zufrieden. »Ich mag intelligente Nutten.« Das war etwas mehr Offenheit, als die gute Kinderstube normalerweise zuließ.

Der Kellner trat an unseren Tisch und räumte die leeren Teller ab. Auf Darrens Wunsch hin wurde die Rechnung gebracht und während er sich zur Seite lehnte, um seinen Geldbeutel in die Hosentasche zu schieben, fragte er: »So, und was machen wir zwei Hübschen jetzt mit dem angebrochenen Abend?«

»Ich weiß nicht, was du machst, aber ich gehe jetzt nach Hause.«

Die Antwort verblüffte ihn offensichtlich. »Wie? Du willst nach Hause gehen?« Seine Augen hatten sich geweitet und das Blau strahlte förmlich. Wenn auch nicht vor Begeisterung.

»Du sagtest vorhin, du würdest keine Nutten vögeln. Deswegen gehe ich jetzt nach Hause. Ich bin müde, und froh, wenn ich mich ein wenig auf meiner Couch ausstrecken kann.«

Er machte »Hm« und blickte auf ein paar imaginäre Krümel, die er mit seinem Zeigefinger über die strahlend weiße Tischdecke schob. »Schade. Ich habe mich gut mit dir unterhalten.«

»Also dann ...« Ich stand halb von meinem Stuhl auf und griff dabei nach meiner Tasche.

»Ich kenne hier einen netten Club ... *Crystal Cat* ...« Der Satz kam schnell.

Schmunzelnd setzte ich mich wieder hin.

»Kennst du den?«

»Nein«, erwiderte ich wahrheitsgemäß.

»Gut. Dann gehen wir dort hin. Ich will dich beeindrucken.«

Ich atmete tief ein, denn jetzt stand er auf und ich kam mir ein wenig idiotisch vor, weil ich mich jetzt zum zweiten Mal hinstellte. Begleitet von seinem zynischen Grinsen half er mir in meinen Mantel und ließ mich vorgehen, als wir das Restaurant verließen.

»Wie viele Männer fickst du so pro Woche?«, eröffnete er wenig zartfühlend das Gespräch, als wir nebeneinander hergingen.

Da ich nicht vorhatte, eine Unterhaltung auf diesem Niveau zu führen, schwieg ich lieber. Sollte er doch zusehen, wo er seine Unterhaltung herbekam!

»Oh, hab ich dich mit meiner Frage beleidigt?«

»Nein. Das hättest du höchstens, wenn du was Intelligentes gesagt hättest.«

»Huuuuu ...«, machte er und legte den Arm um meine Schultern. Vielleicht ließ ich ihn gewähren, weil ich so verblüfft war. Er war wesentlich größer als ich und ich mochte die Art, wie ich seine harten Muskeln selbst noch durch seine

Winterjacke spüren konnte.

»Und was machst du beruflich?« Ich wollte den Dingen eine neue Wendung geben und stellte ihm deshalb die Frage, die ich normalerweise vermied. Wenn ein Gast von seiner Arbeit sprechen wollte, tat er es normalerweise von sich aus. Fing er nicht davon an, konnte ich davon ausgehen, dass das Thema ungeeignet für die Situation war.

»Ich? Ich berate Unternehmen.« Darren schenkte mir ein breites Lächeln.

»Berätst du auch Firmengründer?«, wagte ich mich vor.

»Zum Beispiel. Wieso? Willst du dich mit einem Puff selbständig machen?«

»Nein. Mit einem Escort-Service.«

Sein Lächeln verschwand. Nachdenklich nickte er und schaute dabei vor sich auf den Gehweg. Von da ab schwiegen wir, bis wir im Club an einem der ultramodernen Tische saßen. Um uns herum ausgesuchte Designermöbel und ausgesuchte Gäste. Loungemusik und Barkeeper, die ihren Gästen exotische Drinks mixten. Hier gab es keine glitzernden Fähnchen in den Gläsern.

Meine Kehle schnürte sich zusammen und ich konnte kaum einen Schluck nehmen, als Darren mir mein Glas gab.

»Du siehst etwas mitgenommen aus …« Das klang zu mitfühlend, um ernst gemeint zu sein.

»Was? Ich?«

»Ja. Du hast eben ein Gesicht gemacht, als hätte ich dich gebeten, von einer toten Ratte zu kosten.«

Ich quälte ein Lächeln auf mein Gesicht. »Ach was! Der Abend verläuft nur um einiges anders, als ich es erwartet habe.«

»Gefällt es dir etwa nicht?« Er legte seine Hand an meine Wange, beugte sich vor und gab mir einen sanften Kuss auf die Lippen. »Du schmeckst wundervoll«, sagte er leise, als müsste er die Musik unterwandern.

»Danke.« Ich war zu irritiert, um das Kompliment zurückzugeben.

Er beugte sich abermals vor und diesmal glitt seine Zunge in meinen Mund. Sacht. Als bestünde die Gefahr, etwas darin zu zerstören. Es verwunderte mich, ihn plötzlich so zärtlich und zurückhaltend zu erleben. Darren presste seine Augen ein wenig zusammen, als könnte er mich so besser sehen. »Du bist wirklich schön, meine Liebe. Du solltest aufhören, rumzuficken. Irgendwann wird man dir dein Leben ansehen und das wäre schade.«

Der Zyniker zeigte Gefühl …

Dann, gerade so, als sei ihm aufgefallen, dass er seine Festung zu weit verlassen hatte, lehnte er sich wieder zurück und blickte sich um. Jedes Detail um uns herum schien er aufnehmen zu wollen.

»Wenn ich mich wirklich selbständig machen würde, könntest du mich dann beraten?«

Ohne mich anzusehen, nickte er geistesabwesend.

»Bist du teuer?«, fragte ich grinsend.

Da hatte ich wieder seine volle Aufmerksamkeit. »Nicht teurer als du. Ich mach dir einen Freundschaftspreis, wenn ich später bei deinen Mädels freien Fick habe.«

Ohne zu zögern streckte ich ihm die Hand entgegen. »Das ist ein fairer Deal«, sagte ich und er schlug ein.

»Gehörst du auch dazu?« Er hielt meine Hand noch immer.

»Wozu?«

»Zu dem Deal.«

»Ich dachte, du fickst keine Nutten …«, erwiderte ich kess.

»Für dich und deine Mädels mach ich dann eine Ausnahme.«

»Wie ungeheuer großzügig von dir!«

Er schenkte mir ein etwas schiefes Grinsen. »Ich hab nun mal Schlag bei Frauen. Sie mögen es, wie ich mit ihnen umgehe.«

Dieses Selbstbewusstsein schrie förmlich nach einem Dämpfer. »So? Frauen stehen also drauf, wie Gegenstände behandelt zu werden?« Er hatte mir sein Wort gegeben und nun konnte ich ihn ruhig ein wenig aufziehen.

»Nein. Ich behandele sie nicht wie Gegenstände. Ich ficke sie. Aber ich lasse ihnen ihre Freiheit. Sie können tun und lassen, was sie wollen.«

Ich hatte schon zu viele solcher Heldenabenteuer von Männern gehört, denen die Frauen reihenweise zu Füßen lagen und im Endeffekt waren es alles ausgedachte Geschichten, nur um mich zu beeindrucken.

»Und wie steht's mit heute Abend?«

Darren tat irritiert und ließ sein Glas in der Luft schweben. »Wie?«

»Ob wir beide heute doch noch miteinander ins Bett gehen.« Es machte mir ein ganz klein wenig Freude, ihn so in die Ecke zu drängen. Ich sah es an seinen Augen und an der Art, wie sich winzige Fältchen darum bildeten.

Er trank einen Schluck, setzte das Glas mit seitwärts geneigtem Kopf ab, als müsse er es dringend noch aus einem anderen Winkel betrachten, und schüttelte dann langsam den Kopf.

»Du bevorzugst wohl weniger erfahrene Frauen …«, bohrte ich weiter. Noch war das Spiel nicht zu ende. Den Kopf immer noch geneigt, wanderte sein Blick nun zu mir. »Du bist eine faszinierende Frau, Emma Hunter. Aber du machst mir ein bisschen Angst.« Das Grinsen sollte seine Erklärung wohl abschwächen, doch es versagte kläglich.

»Das ist unnötig«, erwiderte ich leise mit belegter Stimme und ließ meine Hand in seinen Schoß gleiten. Ich musste einfach wissen … oh, ja. Er war steinhart! Mit meinen Fingerspitzen ertastete ich seine Maße, und was ich fühlte, gefiel mir.

Es gefiel mir sogar sehr …

»Bitte nicht …«, flüsterte er so leise, dass ich ihn kaum hören konnte. In dem Moment erlosch das Licht um uns herum und ein Ansager betrat die Bühne. Es kümmerte mich nicht die Bohne, was er sagte. Ich öffnete Darrens Hose, schlug die Seiten auseinander, zog seinen Steifen aus den Shorts und beugte mich im Schutz der Dunkelheit zu ihm herab.

Darren rutschte ein wenig tiefer und ich hörte sein leises Stöhnen. Als ich mit der Zunge über seinen seidigen Schaft strich, erklang über mir ein langgezogenes: »Oh jaaa …«

Ich musste lächeln. Dann konzentrierte ich mich wieder auf seinen Ständer. Erst sanft, dann energischer, massierte und knetete ich seine Eier, während ich seine Eichel in meine Mundhöhle eindringen ließ. Doch kaum hatte ich ihn so weit wie möglich aufgenommen, packte er meinen Hinterkopf und stieß seinen Unterleib gegen mein Gesicht. Schlagartig bekam ich keine Luft mehr. Ich konnte auch nicht schlucken, denn sein Schwanz rammte tief in meine Kehle. Ein unglaublicher Würgereflex packte mich und Tränen schossen in meine Augen. Tränen der Anstrengung, denn ich musste irgendwie meine Beherrschung zurückerlangen.

Aber Darren ließ mir keine Zeit. Nicht nur, dass er mich so gehalten hätte – nein! Er benutzt meinen Kopf. Die Hände auf meine Ohren gepresst, wichste er sich selbst mit meinem Mund. Seine Atmung ging immer schneller. Sein Bauch hob und senkte sich hektisch. Jedes Mal, wenn seine Eichel gegen meine Kehle stieß, musste ich abermals würgen. Panik überkam mich, was geschehen würde, wenn ich mich wirklich übergeben müsste.

Entglitt er meinem Mund, versuchte ich, ihn zu stoppen. Schloss meine Zahnreihen um seinen Schaft, mühte mich, leckende Bewegungen zu machen. Doch er ignorierte alles. Meine Bisse mussten ihm Schmerzen verursachen, doch es kümmerte ihn nicht. Im Gegenteil – er wurde immer schneller. Und dann geschah es. Ich hatte es nicht bemerkt, nicht kommen gefühlt, aber plötzlich schoss eine wahre Fontäne an Mösensaft aus meinem Innersten. Es war kein Orgasmus im herkömmlichen Sinne, den ich hatte, es war eine vollständige Aufgabe meines Willens und meines Körpers. Ich war mit einem Mal vollkommen losgelöst. Wäre in diesem Moment das Licht angegangen und hätten alle Gäste unser Treiben beobachten können – ich hätte es nicht einmal bemerkt.

Da war nur noch sein hämmernder Schwanz in meiner Kehle, das ferne Würgen und die Nässe zwischen meinen Schenkeln, die den Sitz unter mir tränkte.

Und dann schoss er ab. Zwei Stöße, die bis in meine Kehle trafen. Die Tränen lösten meinen Mascara auf und ich schluckte seinen Samen. Als sein Schwanz weich wurde und sich so aus mir zurückzog, erhob ich mich langsam. Meine Augen hatten sich an die Dunkelheit gewöhnt und ich sah seinen beinahe glasigen Blick über mir.

Darren sagte kein Wort.

Meine Muskeln hatten aufgehört zu existieren. Ich fühlte mich wie in einem Puddingkörper.

»Du solltest in den Waschraum gehen und dein Make-up richten«, sagte er leise ohne jeden witzigen Unterton.

»So schlimm?«, erwiderte ich heiser.

Darren nickte.

»Ich kann nicht aufstehen.« Jetzt fiel mir wieder mein nasser Sitz ein.

»Wieso? War es so anstrengend?« Als ich nicht antwortete, streckte er seine Hand aus und tastete zwischen meine Beine.

»Ach du Schande«, stieß er hervor. Dann strahlte sein ganzes Gesicht. »Ich fasse es nicht … Du hast gesquirtet!« Wie ein Triumphator, der durch das Siegestor reitet, funkelte er mich an.

»Ja. Und jetzt muss ich sitzen bleiben.«

»Warte …« Er zog ein Taschentuch aus der Hosentasche, leckte kurz daran und begann dann, die Farbe unter meinen Augen wegzuwischen. Als er fertig war, lehnte er sich zurück und blickte mich zufrieden an. »So. Jetzt bist du wieder ein hübsches Mädchen!«

»Danke!«

Seine Augen wanderten noch immer über mein Gesicht.

»Absolut faszinierend …«, sagte er wieder mit der Stimme eines Wissenschaftlers beim Anblick einer unbekannten Spezies.

15. Himmel oder Hölle

Nachdem ich in Darren eine wirkliche Hilfe für meinen Escort-Service gefunden hatte, war ich etwas beruhigter. Schon zwei Tage nach unserem Treffen wurde er diesbezüglich aktiv und schickte mir eine To-Do-Liste, mit allem, was ich bei einer Existenzgründung zu beachten hatte. Und mehr noch: Offensichtlich hatte er sich sogar informiert, welche Besonderheiten mit der Gründung eines Escort-Services zu beachten waren.

Ich hatte sogar schon in meinem Apartment einen Raum ausgesucht, in dem ich mein Büro, die Schaltzentrale der Agentur, einrichten wollte. Außerdem hatte ich begonnen, eine Liste mit all jenen Frauen zu erstellen, die ich im Laufe meiner Tätigkeit für George kennen und schätzen gelernt hatte. Dabei landeten bei weitem nicht nur Namen von professionellen Huren in meinem Notizbuch. Ich war entschlossen, auch solche Frauen diskret anzusprechen, um deren Sexdrive ich wusste.

Stets auch auf meine eigene Karriere bedacht, war mir klar, dass die Kunden nicht so viel Wert auf ein umwerfendes Äußeres legten – mit zu schönen Damen in Begleitung fiel man eher unangenehm auf – als vielmehr darauf, dass es sich um eine Frau handelte, mit der man einfach Spaß haben konnte. Und das bezog sich nicht nur aufs Bett. Sie musste eine gute Unterhalterin sein, recht breit gefächert informiert, charmant und offen.

Solche Frauen waren schwer zu finden, zumal, wenn sie bereit sein sollten, gegen Bezahlung mit einem Mann zu schlafen. Außerdem wollte ich Frauen, die gern vögelten und es nicht nur des Geldes wegen taten.

Es war Georges Erfolgsgarant gewesen, zumindest in meinem Fall, dass ich in Anwesenheit des Gastes nicht an das Geld dachte.

Meine Liste wuchs äußerst zögerlich. Aber ich ging davon aus, dass mir zu Beginn zwei oder drei Mädchen genügen würden. Ein positiver Nebeneffekt meiner Planungen war nicht nur, dass ich so zu einigen sehr netten Nummern mit Darren kam, sondern, dass Derek etwas aus meinem Blickfeld verschwand. Ich bildete mir sogar ein, ich hätte die ganze Sache mit ihm zu den Akten gelegt. Ein Trugschluss, wie sich bald herausstellen sollte.

Es sind oftmals nicht die großen Schläge, die uns aus der Bahn werfen, sondern vielmehr die kleinen Stiche, die zu einer Wunde werden. Diese Wunde schwärt, eitert und wird bald unerträglich.

Ich hatte es mir zur Angewohnheit gemacht, immer dann, wenn ich an ihn dachte, jene Szene auf der Tanzfläche vor mein inneres Auge zu rufen. Als wir uns zu den Walzerklängen gedreht hatten und seine Augen mit einer kaum gekannten Intensität auf mir geruht hatten. Dann bekam ich jenes heimelige Gefühl des Geliebtwerdens. Der Möglichkeit, jene Liebe anzunehmen oder eben auszuschlagen. Es gab dann in meiner Welt nur Derek und mich.

Auf immer würden mir nur die Erinnerungen bleiben.

Hatte ich einen schlechten Moment, drängten sich mir Bilder ehelicher Freuden auf. Wie er sie bestieg. Wie sie zusammen aßen. Miteinander lachten und sprachen. Wie sie ihn im Vorübergehen küsste.

Ich musste ihn mir aus dem Kopf schlagen! Ein für alle Mal!

Der Escort-Service würde entstehen. Aus mir würde eine ernst zu nehmende Geschäftsfrau werden und irgendwann würde der Mann in meinem Leben auftauchen, der mir einen Platz an seiner Seite anbot.

Um endlich Nägel mit Köpfen zu machen, beschloss ich, in die Regent's Street zu fahren und bei einem bekannten Inneneinrichter nach passenden Möbeln für mein neues Büro zu suchen. Zwar hatte ich nur eine vage Vorstellung, wie sie aussehen sollten, doch ich vertraute auf *Delacros* Fachwissen und Kreativität.

Delacro hatte mich von Anfang an mit seinen Ideen beeindruckt, Gegenstände anders zu nutzen, als ihre eigentliche Bedeutung. Das Erste, was ich von ihm gesehen hatte, war eine Wand bei einem Kunden, die er mit Blecheimern und einer Gießkanne dekoriert hatte. Aus der Kanne floss echtes Wasser, das sich seinen Weg an der Wand herab von einem Eimer zum anderen suchte.

Im Sommer hatte ich einen Gartentisch von ihm erworben, unter dessen Glasplatte Wasser floss. Dieses sammelte sich dann in einem Becken am Fuß einer Schmalseite des Tisches. Ich konnte im Sommer stundenlang an diesem Tisch sitzen und dem Wasser zusehen, das unter Tellern und Gläsern dahinfloss.

Er liebte das Spiel mit den Elementen und hatte eine schier unerschöpfliche Kreativität, um die ich ihn zutiefst beneidete. Diese machte nun vor nichts halt. Es gab nichts, aus dem er nicht etwas vollkommen Neues, Unerhörtes gemacht hätte.

So freute ich mich, wieder sein Geschäft zu betreten. Nicht nur wegen der Dinge, die ich suchte, sondern auch, weil ich neugierig auf all das war, was ihm seit meinem letzten Besuch Neues eingefallen war.

Die Ladenräume waren großzügig und hell. Weite Fensterflächen ließen den Blick der Passanten ungehindert durch die vorderen Bereiche wandern und zogen immer wieder Neugierige an, die sich zwar keinen *Delacro* leisten konnten, aber von seinem Einfallsreichtum begeistert waren. Es gab hier im Raum verteilte Trennwände, zwischen denen jeweils seine Objekte vorgestellt wurden.

Ich hatte mich gerade mit einem Tisch in Form eines überdimensionalen Tortenstücks angefreundet, das so echt wirkte, als könnte man hineinbeißen, als ich einen dunklen Schopf zwischen zwei Wänden vorbeigleiten sah.

Es war nur ein Detail, doch ich hätte es unter tausenden erkannt. Augenblicklich erstarrte ich. Ein Kloß bildete sich in meinem Hals und ich konnte nicht mehr schlucken. Meine Knie wurden weich und ich gab dem Drang nach, mich auf eine Kaffeetasse zu setzen. Sie war weich und gemütlich. Dazu stieg, sobald man Platz genommen hatte, ein leichter Hauch von Kaffeeduft um einen herum auf.

Sicherlich hätte ich mich unter anderen Umständen hier wirklich wohl gefühlt, doch mit Dereks Anblick hatte meine Laune schlagartig ein arktisches Klima angenommen.

Hatte ich mich sitzend in Sicherheit geglaubt, sah ich mich getäuscht, als hinter mir ein, wenn auch freundliches, so doch irgendwie verhaltenes: »Ach, Emma ... Hallo!«, erklang.

So gut ich konnte, kam ich auf die Füße und sah direkt in Lauras fliederfarbene Augen. Ihre Figur grazil wie immer, selbst in diesem üppigen Wintermantel. Sie ist nicht schwanger, jubelte kurz eine winzige Stimme in mir, die sofort niedergemacht wurde von einem tosenden: Sie hat die Schmach dieser Lüge für ihn auf sich genommen.

Wir reichten uns die Hand.

»Ich habe dich bei der Hochzeit leider nur kurz gesehen«, sagte sie in ihrer freundlich, verbindlichen Art mit der wunderschönen Stimme, die man in Kitschromanen sicherlich als glockenhell bezeichnet hätte.

»Ich ... ich hatte leider noch unaufschiebbare Termine ...« Die Lüge troff aus jedem Buchstaben.

»Ja, das ist verständlich ... Ist ja immer schwierig mit Terminen.« Sie presste die Lippen aufeinander wie ein Schulmädchen, dem sein Vorrat an Höflichkeiten ausgegangen ist.

Wenn sie mich jetzt zu sich nach Hause einlädt, fliehe ich, schoss es mir durch den Kopf.

»Derek ist auch hier ... Wir bummeln ein bisschen. Vater hat uns doch Crawfield überlassen. Und ... na ja ... ist ein altes Haus ... da gibt es viel zu tun.«

Das »alte Haus« galt als eines der vornehmsten Beispiele britischer Architektur des frühen neunzehnten Jahrhunderts. Hätte dies nun bei jedem anderen nach unsagbarer Aufschneiderei geklungen, machte es Laura sogar noch sympathischer.

Sie hatte eine Art reiner Mädchen-Naivität, um die ich sie fast genauso beneidete, wie um ihren Mann. Wie sehr sehnte ich mich bei ihrem Anblick nach der Erkenntnis, dass hinter einem makellosen Äußeren nur allzu oft ein unschöner Charakter steckte. Doch in ihrem Fall, das wusste ich, lagen die Dinge anders. Ihr blondes Haar, ihre leuchtenden Augen, die vollen Lippen und die perfekte Figur schienen nichts weiter, als die Reflektion ihres Wesens.

Selbstlos hatte sie damals mir den Vortritt gelassen, ja mich sogar gerufen, als Derek unter der Last der Erkenntnis von Jays Tod zusammengebrochen war. Sie war beiseitegetreten, damit ihrem Liebsten geholfen werden konnte. Ausgerechnet von mir!

Laura war, und da hatte George wirklich die Wahrheit gesagt, das Beste, was seinem Sohn je widerfahren war.

So stand ich an die überdimensionale Tasse gelehnt und suchte Halt, wo es keinen für mich gab.

»Oh, mein Herz, sieh mal, wen ich bei der Kaffee-Tasse entdeckt habe ...«

Mein Herz ... Alles in mir verkrampfte sich. Meine Haut schien zu gefrieren und meine Knochen zu versteinern. Wie erstarrt harrte ich dessen, was da noch kommen mochte.

Groß und gefasst trat Derek auf mich zu, streckte seine Hand aus und ergriff meine, die mehr oder minder regungslos auf halber Höhe stehen blieb.

»Derek ...«, sagte ich mit belegter Stimme, für die ich mich schämte.

»Emma ...« Er nickte knapp und sah mich so ernst an, wie der Scharfrichter den Todeskandidaten.

»Ich sagte Emma gerade, dass wir ein wenig bummeln für Crawfield«, entgegnete Laura.

Ich schwieg ebenso wie er und ich konnte nicht einmal

daran denken, wie niederträchtig dieses Schweigen gegenüber Lauras Bemühungen war, ein wenig die Spannung aus der Situation zu nehmen.

»Mrs McLeod …«

Ich zuckte zusammen und war mit einem Schlag hellwach.

»… ich habe einen neuen Entwurf für einen Pavillon. Den würde ich Ihnen gern zeigen.«

Delacro beriet Kunden dieser Güteklasse natürlich persönlich. Er warf einen fragenden Blick zu Derek, der aber noch immer zu mir hinstarrte. Er hatte jetzt die Haltung eines Rächers angenommen, mit funkelnden, dunklen Augen und bleichem Gesicht.

»Ach, Mr Delacro, lassen wir meinen Mann bei seiner Unterhaltung. Ein Gartenpavillon ist sowieso eher Frauensache, nicht wahr?«

Das war Lauras Beweis absoluten Vertrauens in ihren Mann. Zwei Sätze, und sie hatte allen klargemacht, dass – was auch immer zwischen ihm und mir bestanden hatte – nicht mehr existierte. So ging sie, dem Designer interessiert lauschend, davon.

Wir aber standen da. Und als ich meinen Blick von ihr abgewendet hatte, wusste ich nicht, wohin ich schauen sollte, wenn nicht auf ihn. Auf jenes Gesicht, das in all meinen Träumen um mich zu sein schien. Das sich wie in einer Spiegelung über jedes Männergesicht legte, das ich betrachtete.

Wie ein ertappter Verbrecher senkte ich meine Blicke. Unerträglich schien es mir, die Herausforderung seiner Augen anzunehmen. Den Zweikampf auszutragen, den er mir förmlich aufzudrängen schien.

»Nun?«, fragte er düster.

»Alles gut.«

»Gibt es nichts zu sagen?«, beharrte er.

Ich war in einem Verhör gelandet. »Brauche ich einen Anwalt?«, fragte ich zickig.

»Du kannst ja George anrufen.«

»Leck mich!«, entfuhr es mir und ich schämte mich augenblicklich. Nicht nur wegen der Doppeldeutigkeit meiner Worte, die zu einer anderen Zeit eine ebenso anzüglich wie freche Replik herausgefordert hätten.

»Derek …«, hob ich an. Die Verzweiflung in meiner Stimme war nicht zu überhören, egal, wie ich mich auch bemüht hatte, sie nicht durchklingen zu lassen.

»Ja?«

»Hör zu … lass uns diese Gelegenheit hier nutzen, um für immer Adieu zu sagen.«

In mir brach alles zusammen. Was redete ich da? Wieso sagte ich so etwas? Was, wenn er dieses Adieu akzeptierte? Ich würde hier mitten in *Delacros Interior Design* zusammenbrechen. Tränen drangen bereits jetzt glühend hinter meine Lider.

»Ist das dein fester Entschluss?« Rau und düster schwang seine Stimme an mein Ohr.

NEIN! Wollte ich schreien und erstickte diesen Ausruf in mir. Rang ihn nieder mit dem bisschen Selbstbeherrschung und Vernunft, die mir in seinem Angesicht geblieben waren.

»Sieh mich an!«, zischte er. »Sieh mir in die Augen und sag mir, dass ich gehen soll! Dass dies das Ende ist!«

Den Kopf gesenkt haltend, presste ich meine Lippen zusammen.

»Verdammt, Emma! Sieh mir in die Augen!«

»Es muss sein, Derek. Es *muss* doch sein …« Meine Stimme war kaum mehr als ein Hauch, der sich in einem Orkan verlor.

»Dann sieh mir jetzt in die Augen und sag mir, dass es

dein Entschluss und Wille ist. Ich werde es akzeptieren und dich für immer in Ruhe lassen. Ich werde mich nie mehr bei dir melden.«

Mein Kopf bewegte sich in tiefsten Qualen hin und her. Meine Kiefer mahlten und meine Lippen rieben aneinander. Ich hatte keine andere Wahl, wenn ich uns nicht alle vernichten wollte. Also hob ich mein Gesicht zu Derek auf und öffnete langsam meine Augen.

Im gleichen Moment wurde ich bei den Armen gepackt, ein paar Schritte quer durch die Ausstellungsfläche geschubst und stolpernd, halb fallend, halb gestützt, die Treppen in ein Lager im Keller hinunterbugsiert.

Ich ging unter in einem Meer aus Küssen, schiebenden, reibenden, zerrenden Händen. Er knetete meine Brüste, überwältigte meine Lippen. Sein heißer Atem umgab und erfüllte mich. Dereks Speichel floss in meinen ausgetrockneten Mund. Er nahm seinen Kopf zurück, doch nur, um mir sofort seine Lippen noch fester aufzudrücken. Es schmerzte, als mein Hinterkopf gegen die Betonwand schlug.

Halb im Reflex versuchte ich, ihn abzuwehren und erwiderte doch nur seine Umarmung. Drückte seine Hände von mir weg, nur um meine eigenen im nächsten Moment förmlich über mir erhoben an die Mauer genagelt zu finden.

»Es wird nicht enden«, keuchte er in mein Haar. »Es wird niemals enden, Emma … Ich kann ohne dich nicht leben!«

Als er sich mit seinem ganzen Körper an mir zu reiben begann, ich seine steife Männlichkeit spürte, die beinahe schmerzhaft gegen meinen Bauch drückte, wusste ich nicht mehr, ob ich im Himmel oder in der Hölle gelandet war. All meine Vorsätze gingen zum Teufel. Ich krallte meine Nägel in seine Jacke, riss an ihr, als wollte ich sie in Stücke fetzen.

Unsere Hände packten, zerrten, schoben. Unser Atem strömte keuchend in die Kehle des anderen, während wir unsere Münder so weit wie möglich öffneten, um wenigstens noch den Hauch einer Chance zu haben, nicht zu ersticken.

Ich will ihn! Will …! Will …! Will IHN!!!, schrie es in mir. Mein Blut strömte nur noch für ihn. Meine Muskeln bewegten sich nur noch für ihn. Und um mich herum versank die Welt.

Hätte uns eine suchende Stimme nicht aus unserer Ekstase gerissen, ich weiß nicht, was in jenem düsteren Lagerzugang noch hätte geschehen können …

So aber kamen wir langsam wieder in die Wirklichkeit zurück. Ordneten unsere zerwühlte Kleidung, konzentrierten uns auf den regelmäßigen Fluss unseres Atems, suchten mit unseren Augen Halt am jeweils anderen.

Er hatte mir gerade einen letzten Blick zugeworfen, einen Fuß bereits auf die unterste Stufe gesetzt, als ich alle verbliebene Kraft zusammennahm und matt, ja fast flehentlich sagte: »Derek! Es muss enden …!«

Er aber hielt meinem Blick stand und stellte nur ruhig fest: »Es wird niemals enden!«

Damit wandte er sich ab und eilte nach oben.

Der Gesichtsausdruck des Verkäufers sagte alles: Er wusste, was gespielt wurde, aber er würde niemandem ein Sterbenswörtchen sagen.

16. Vorstoss

Ja, ich hätte triumphieren können in jenem Moment. Hätte mich suhlen können im Glück seines Geständnisses. Doch ich fuhr nach Hause mit einem Herzen so schwer wie Granit. Es quetschte meinen Magen zusammen und schnürte mir die Luft ab. Jenes so mühsam erkämpfte Stück Boden unter meinen Füßen war mit einem Ruck weggezogen worden.

Beinahe verzweifelt, fragte ich mich, welcher Mann so schnell wie möglich Dereks Platz würde einnehmen können. Ich kam sogar zu der Überlegung, Sergeij anzurufen und diese Verbindung wieder aufleben zu lassen.

Alles, aber auch wirklich alles, war besser, als Dereks Ehe zu zerstören. Oder zumindest, dies nicht mit allen Mitteln zu verhindern.

Als ich meine Tür mit dem Rücken ins Schloss drückte, standen Tränen in meinen Augen. Sie rollten über die Wangen, als ich die Schuhe von mir stieß und mit bebenden Händen eine Zigarette anzündete. Ich beschloss, mich in die Arbeit zu stürzen. Doch diesmal zum ersten Mal nicht in die Sexarbeit, sondern in den Aufbau meiner Agentur. Aus den Tiefen meiner Schublade kramte ich Janes Telefonnummer. Es war mein erster Sexakt für George gewesen, und sie war außer mir die einzige Frau. Noch immer erinnerte ich mich an ihren anregenden Duft, ihre unkomplizierte, aufmunternde Art und … wie aufregend sie vögelte. Genau so hatte ich mir die Frauen vorgestellt, die für mich arbeiten sollten.

Mit einem leicht flauen Gefühl im Magen wählte ich die Nummer auf dem kleinen Kärtchen, das sie mir einmal zugesteckt hatte.

Eine Männerstimme meldete sich: »Moffat!«

»Ja, hallo. Emma Hunter hier. Ich suche meine Freundin Jane. Sie hatte mir mal diese Nummer gegeben …«

»Jane ist meine Frau. Moment, bitte.«

Wenn sie verheiratet war, hatte ich wohl keine Chance, dass sie bereit wäre, beim Service mitzumachen. Enttäuschung breitete sich in mir aus.

»Moffat …«

»Jane? Bist du's?«

»Ja. Wer spricht denn da?« Sie klang irritiert, aber nicht genervt.

»Emma, Emma Hunter … Erinnerst du dich noch?«

Kurze Stille. Und dann: »Aber ja doch! George McLeod! Mensch, ich hätte nicht gedacht, dass ich nochmal etwas von dir höre. Das ist ja großartig!«

Jane klang so ehrlich erfreut, dass es mich rührte.

Ihre Stimme tanzte beinahe an meinem Ohr.

»Du bist verheiratet?«, fragte ich ganz in der Manier einer alten Klassenkameradin.

»Ja. Seit einem Jahr ungefähr. Sag mal, wollen wir was zusammen trinken und über alles Mögliche quatschen?«

Genau das hatte ich vor!

17. JANE

Okay, ich war nervös. Nicht nur ein bisschen … Ich war sehr nervös! Alles in mir vibrierte. Sicherlich würde sie ablehnen. Verheiratet … Aber wie sollte sie ablehnen, wenn ich in diesem Moment noch nicht mal wusste, wie ich sie fragen sollte? Tausend Gedanken tobten wie Flocken in einem Schneegestöber durch meinen Kopf.

Und dann ging die Tür auf und Jane kam herein. Nein! Sie kam nicht herein – sie trat auf! Groß, sportlich und schlank. Das Haar noch immer so kurz, das es nicht von ihrem schönen Gesicht mit den wachen Augen ablenkte. Sie sah sich um, entdeckte mich und bedachte mich mit einem begeisterten Lachen, während sie mit beschleunigtem Schritt in meine Richtung kam.

Ich stand auf und wir nahmen uns in den Arm.

»Meine Güte, Emma … Du siehst großartig aus!« An ausgestreckten Armen hielt sie mich ein Stück von sich weg und betrachtete mich von oben bis unten.

»Danke. Das Kompliment kann ich nur zurückgeben. Es geht dir gut, wie man sieht …«

»Oh ja!«, sagte sie, während sie neben mich auf die gepolsterte Bank rutschte.

Jane brauchte sich nur kurz umzusehen, schon kam der erste Kellner herbeigeeilt. Sie bestellte Wodka-Tonic.

»Nun erzähl mal … Arbeitest du noch für George?« Sie schob die Serviette unter ihrem Glas gerade und sah mich erwartungsvoll an.

»Ja. Noch …«

Ihre Augenbrauen wanderten ein Stück hoch. Ansonsten blieb ihre Miene gleich. »Noch?«

»Mhm … ich will mich absetzen. Sozusagen.«

»Ich hab das mit Derek gehört.«

Der Sprung war heftig und ließ mich zusammenzucken. Konnte er mich nicht mal jetzt und hier in Frieden lassen?

»Du weißt von ihm?« Allein bei dem Gedanken an seinen Namen, klebte meine Zunge am Gaumen.

»Ja, ach Süße, halb London spricht seit Monaten von nichts anderem. Euer Quartett ist DAS Salon-Thema überhaupt. Deswegen habe ich auch lange überlegt, ob ich dich mal anrufen sollte.«

Dass sie mich anrufen wollte, um den Wahrheitsgehalt von Tratsch abzuklopfen, glaubte ich keine Sekunde.

»So so …«, mehr fiel mir nicht ein.

Sie lächelte und ihre weißen Zähne blitzten. »Derek und du … Das ist eine explosive Mischung, Süße. Sowas liebt die

Gesellschaft. Habt ihr noch Kontakt?«

Was sollte ich denn da sagen? Ich hatte nicht vorgehabt, über Derek zu sprechen. Aber da mein Herz überzulaufen drohte, holte ich tief Luft, nahm einen Schluck und begann zu erzählen.

Jane lauschte schweigend und nickte nur ab und zu leicht. Es war weniger Zustimmung, die sie damit signalisierte, als vielmehr Ausdruck der Tatsache, dass ich ihre volle Aufmerksamkeit hatte.

»Ich kann ihn nicht mehr treffen. Sonst komme ich nie von ihm los. Wir sind Gift in unseren Adern. Weißt du, was ich meine?«

Jane nickte abermals und das Licht schimmerte in ihrem Haar. »Ja, ich weiß genau, was du meinst. Auch wenn ich dich nur aus der Ferne beobachtet habe, so denke ich doch, dass das nicht so einfach wird.«

»Das habe ich nie behauptet«, versetzte ich ein wenig zu schnell.

Sie blickte auf und die Düsternis in ihrem Blick irritierte mich. »Emma, ich will dich nicht niederschmettern, aber ich glaube nicht, dass es überhaupt klappen wird. Wenn ich dir so zuhöre, dann denke ich, du liebst ihn mit einer Leidenschaft, zu der Frauen in unserer Situation nur selten in der Lage sind. Ich hatte Glück mit Jack. Er hat das bisschen Leidenschaft, was noch in mir vorhanden war, in langer, mühseliger Kleinarbeit wieder zum Vorschein gebracht. Warum wehrst du dich gegen deine Gefühle?«

Müde senkte ich den Kopf. Nein, ich wollte nicht darüber reden. Und schon gar nicht darüber nachdenken. »Weil es nicht geht. Er ist verheiratet. Früher oder später wird Laura die Mutter seiner Kinder. Sie ist eine wunderbare Frau. Sie gibt ihm Halt. Ich spreche lediglich seine dunkle Seite an. Und auf Irrsinn kann man keine Beziehung aufbauen.«

In einer plötzlichen Bewegung warf Jane ihren Kopf in den Nacken und begann zu lachen. Ich zuckte förmlich zusammen.

»Hast du eine Ahnung, Süße!«

»Nein. Wirklich. Es geht nicht. Außerdem will ich meinem Leben sowieso eine neue Richtung geben.«

»Weg von George?« Es schien die einzig denkbare Möglichkeit, die einer Frau wie ihr dabei in den Sinn kam.

»Ja.«

»Okay, und was hast du vor?«

»Ich will einen Escort-Service gründen.«

Stumm nickend schob sie die Serviette unter ihrem Glas hin und her, bis sie sich völlig aufgelöst hatte und nur noch in kleinen Fetzen am Rand klebte. »Das ist keine üble Idee. Verbindungen hast du ja genug. Weiß George davon?«

Jetzt hielt ich die Luft an.

Jane grinste und ihr Blick, so von unten herauf, wirkte überwältigend. »Er hat noch keinen blassen Schimmer. Stimmt's?«

»Mmmmh … stimmt.«

»Denkst du, er wird dich so ohne Weiteres gehen lassen?« Ihre Stimme hatte einen gewissen Ernst angenommen.

»Es wird ihm nichts anderes übrig bleiben. Außerdem hat er längst Ersatz gefunden. Er hat ihr sogar schon ein Apartment gekauft.«

Mit dem Kopf schüttelnd, nahm sie einen weiteren Schluck, setzte das Glas wieder ab und zündete sich eine Zigarette an. Ich freute mich ein bisschen, dass selbst eine perfekte Frau wie Jane eine Schwäche hatte.

»Das meine ich nicht. Nicht beruflich gesehen. Ich denke, George liegt was an dir. Von Anfang an. Es war mir klar, als er sich damals so gesorgt hat, ob du in dem Job zurechtkommst, wo er mich förmlich zum Babysitter gemacht hat. Und später auch. Er hat dir immer Kunden zukommen lassen, die nicht abstoßend waren, keine zu bizarren Wünsche hatten. Um all das hat er sich bei den anderen Mädchen nie geschert. Und als das mit Derek angefangen hatte ...« Sie hob den Kopf und fixierte meine Blicke. »Emma, er hat getobt! Ist durchgedreht. Ich war dabei. Ich hab ihn nie zuvor so die Kontrolle verlieren sehen.«

Ich starrte sie an. »Willst du damit sagen, George sei in mich verliebt?« Es kam mir selbst so unwahrscheinlich vor, dass ich meinen eigenen Worten wie denen einer Fremden lauschte.

»Wieso sollte er sonst all das aufgefahren haben, um eure Beziehung zu unterbinden? Er hat Himmel und Hölle in Bewegung versetzt. Dieser Russe, mit dem du dich verlobt hast, den hat er extra für dich ausgewählt. Mit allem Bedacht. Und als selbst das nicht gefruchtet hatte, hat er Laura ins Spiel gebracht. Er hat die beiden richtiggehend verkuppelt.«

»Das glaube ich nicht, Jane! Das kann ich nicht glauben! Er kann das nicht alles geplant haben!« Meine Worte klangen hohl in meinen Ohren.

»George ist der gerissenste Hund, den ich kenne. Wenn ein normaler Mann fünf Schachzüge im Voraus denken kann, dann schafft George zwanzig.«

Ich richtete mich sehr gerade auf. »Und wenn. Es ist mir gleichgültig. Soll er machen, was er will. Er hat mich abgestoßen. Das hat er mir selbst gesagt. Und als ich ihn damals wollte, hat er mir klipp und klar gesagt, dass das nicht in Frage käme. Dass ich nie mehr von ihm bekommen würde, als ein paar Ficks. Niemals Gefühle.«

In dem Moment lehnte Jane sich zu mir herüber, ihr Parfum umgab mich wie ein Kokon. Sie legte den Arm um meine

Schultern und gab mir einen sanften Kuss auf die Wange. »Du bist noch das gleiche Mädchen, das damals neben ihm aufgetaucht ist und das mit großen Augen diese neue Welt betrachtet hat. Du hast dich keinen Deut geändert.« Sie blinzelte mir aufmunternd zu.

»Danke«, sagte ich etwas niedergeschlagen.

Vielleicht hatte sie ja recht. Vielleicht hatte ich wirklich nicht gelernt, in den Köpfen der Männer zu lesen. Aber vielleicht wollte ich das ja auch gar nicht. »Können wir das Thema wechseln? Ich mag nicht mehr über George und Derek reden.«

Ihr Arm glitt herab und sie leerte ihren Drink. Im nächsten Augenblick fand sich der Kellner ein, nahm das Glas und die neue Bestellung entgegen.

Ich hatte noch nicht mal die Hälfte getrunken und fühlte mich bereits leicht benommen. Mühsam suchte ich nach einer Möglichkeit, den Grund anzusprechen, aus dem ich sie hatte treffen wollen. Aber jetzt saß ich da, den Kopf im Nebel und konnte nur ihre festen kleinen Brüste in der engen Jersey-Bluse anstarren, die einen seidigen Schimmer hatte und die Farbe ihrer Augen aufzunehmen schien.

»Und über was möchtest du stattdessen sprechen?« In ihren Augen blitzte der Schalk.

»Ich habe mir schon ein Büro in meinem Apartment eingerichtet. Das würde ich dir gern zeigen.«

»Jetzt?«

Es war mir nicht klar, ob es ein Hinweis auf den fortgeschrittenen Abend sein sollte, der dieses Unternehmen unmöglich machte, oder einfach eine Nachfrage bezüglich meiner Ernsthaftigkeit.

»Ja. Warum nicht?«

»Also gut.« Noch ehe ich etwas hinzufügen konnte, leerte

Jane, bereits halb stehend, ihren Drink und legte das Geld für unsere Bestellungen samt üppigem Trinkgeld auf den Tisch. »Na los! Worauf wartest du?«

Wie schon damals war Jane im Handumdrehen zum Zugpferd avanciert. Sie rief auch das Taxi und gab meine Adresse als Ziel an. Dass sie sich die gemerkt hatte, erfüllte mich mit Stolz.

Als ich die Tür zum Agenturzimmer aufgestoßen und das hinter Zierleisten versteckte Licht angeschaltet hatte, sah sie sich aufmerksam um.

»*Delacro!*«, war ihr einziger Kommentar.

»Stimmt«, antwortete ich lässig.

»Großartig. Wirklich sehr schön. Vor allem die Wasserwand!« Ihre Blicke hafteten an jenem lebenden Objekt, das *Delacro* für mich entwickelt hatte. Wasser, das aus der Decke über die komplette rechte Wand floss. Es ergab eine Art schillernden Vorhang, hinter dem man die Natursteine sehen konnte, die ihm zusätzliche Lebendigkeit verliehen.

»Man hat das Gefühl, als stünde man im hochmodernen Büro eines Wildhüters …«

Sie drehte sich zu mir um und lächelte mich an. »Es ist wunderbar!« Damit beugte Jane sich vor, legte ihre Arme um meinen Nacken und presste ihre Lippen auf meine.

Völlig verblüfft registrierte ich, dass ihre Zunge sich in meinen Mund schob und den Kontakt mit meiner suchte. Wie in einem Reflex schloss ich die Augen und erwiderte den leidenschaftlichen Kuss. Ihre Nippel drückten sich gegen meine Brust und ein glühender Schauer rann über meinen Rücken. Ohne nachzudenken, legte ich meine Hand auf ihre Titte und begann, sie intensiv zu kneten.

Ein leises Stöhnen drang an mein Ohr.

Aber das genügte mir nicht. Ich spürte, wie ich von einem

Strudel erfasst wurde, der mit jedem Moment mehr Sog entwickelte und mich mit sich riss. Sie brauchte ihre Beine noch nicht einmal weit auseinanderzunehmen, um mir zu zeigen, worauf sie Lust hatte. Ich wusste es auch so und schob meine Hand unter ihren Rock. Es war unbeschreiblich, mit den Fingern in ihr heißes Fleisch einzudringen und die Feuchtigkeit zu spüren, die meine Hand augenblicklich umgab.

Ich glitt durch ihre glitschige Spalte und rieb ihren Kitzler. Wie sie es genoss, bewies sie mir, indem sie ihren Unterleib über meine Finger gleiten ließ. Mit geöffnetem Mund presste sie sich an mich, suchte von Zeit zu Zeit meine Zunge und feuerte mich mit ihren Küssen an, sie immer intensiver zu fingern.

Als ich in ihr Loch eindrang, sackte sie mit einem Aufschrei kurz in die Knie. Jetzt hatte ich keine Wahl mehr. Ich packte Jane und stieß sie mit dem Bauch gegen meine Schreibtischkante, drückte ihren Oberkörper herab und schob ihren Rock bis über ihre Taille hoch. Sie hatte einen fantastischen Arsch. Eine perfekte Apfelform, dabei fest und appetitlich. Schnell drückte ich ihre Beine ein Stück weit auseinander und ging in die Hocke.

Welcher Anblick, ihre überschwemmte, geschwollene Auster so dicht vor meinem Gesicht zu sehen. Das Blut schien förmlich in ihr zu pulsieren. Ihr Duft stieg in meine Nase und so ersetzte ich meine Finger durch meine Zunge. Ich züngelte ihre Klit, bis sich Janes ganzer Körper zu versteifen schien. Wie sie die Tischkante umklammerte, brachte mich zum schieren Wahnsinn, dazu ihr immer lauter werdendes Stöhnen. Es war, als sei diese Möse nur für meine Zunge geschaffen, und ich konnte mir nichts Schöneres vorstellen, als diese wunderbare Frau so kommen zu lassen.

Doch ihr Loch genügte mir nicht. Entschlossen zog ich ihre

Pohälften auseinander und umkreiste ihre Rosette. Sie zuckte vor meinem Gesicht und ich wusste, wie sie danach gierte, in den Arsch gefickt zu werden. Beinahe fiebrig grübelte ich über einen Gegenstand, den ich in ihr gieriges Loch einführen konnte, um mich dann wieder ihrer Pussy zu widmen.

Also zog ich meinen Kopf zurück und bohrte stattdessen meinen Daumen in ihren Hintern. Ich drückte ihre Wände und dehnte sie so entschlossen, dass Jane bereits fickende Bewegungen machte.

Ich hatte einen Dildo in meiner Schublade. Aber er hatte den Umfang eines Baseballschlägers, und ich wollte sie befriedigen, nicht verletzen. Dennoch hatte ich keine andere Wahl, sie in ihrer Geilheit aufzufangen. So ließ ich sie los und holte das Riesenteil, während ihre Blicke mir aufmerksam folgten.

Ihre Augen weiteten sich, als sie sah, was ich da aus der Schublade nahm. Da sie weder protestierte noch sich aufrichtete, sondern vielmehr konzentriert ausharrte, spuckte ich auf ihre Rosette, weitete sie abermals mit meinen Fingern und setzte dann die künstliche Rieseneichel an.

»Oh Goooott …«, stöhnte Jane, als der Dildo sich in ihren Hintern zu drücken begann.

Ich sah es ihren Arschbacken an, wie sie versuchte, entspannt zu bleiben und es doch nicht vermochte. Es war offensichtlich der gewaltigste Gegenstand, der je in sie eingeführt worden war. Als die dickste Stelle des Riesen sie penetrierte, schrie sie bereits unkontrolliert. Doch es waren Lustschreie, die in meinen Ohren gellten. Qual und Gier auf das Wunderbarste vermengt.

Eine weitere Portion Spucke sorgte für die nötige Gleitfähigkeit und ich konnte beginnen, sie mit dem Penis zu ficken.

»Oh Gott … jaaaa«, stieß sie atemlos hervor, als ich ihn ein

Stück herauszog und dann mit neuem Druck in ihrem Hintern versenkte. Der Anblick ihrer sich dehnenden und zusammenziehenden Pobacken erregte mich so sehr, dass ich den Dildo nur noch mit einer Hand hielt und mit der anderen meine eigene Klit zu reiben begann. Meine Säfte überschwemmten meine Hand, liefen an meinen Schenkeln herunter. Jetzt keuchte ich auch, musste mich nach vorn beugen, um dem Druck in meinem Unterleib nicht nachzugeben und augenblicklich zu explodieren.

»Jaaaa!«, gellte es in meinen Ohren. »Schneller … Fick mich schneller!«, japste Jane und ich tat ihr den Gefallen. Mit Wucht rammte ich den gewaltigen Prügel in ihren Arsch und erregte mich selbst mit jedem Moment mehr.

Dennoch hielt ich mich zurück, so gut ich eben konnte, ließ von meiner Perle ab, um mein Loch zu fingern und ärgerte mich irgendwo tief in mir drin, dass ich den Strap-On in meiner »Spielkiste« im Schlafzimmer hatte und nicht hier.

»Emma … ich … Oh Gott … ich komme!«

Mit einem Ruck zog ich den Dildo aus ihr heraus. So schnell sollte es für uns beide nicht zu Ende sein. Ich zog sie vom Tisch hoch, griff nach ihrem herabrutschenden Rock und entkleidete sie. Was für ein Körper! Zierlich. Straff. Die Nippel dunkelrot durchblutet wie zwei Rosenknospen.

Meine Lippen legten sich um eine und ich saugte sofort derart hart, dass Jane aufschrie. Doch ich wusste, sie liebte diesen Schmerz ebenso, wie ich das Prickeln ihrer Warzen auf meiner Zunge. Sie setzte sich auf die Tischkante und schlang ihre langen, wohlgeformten Beine um meine Hüften. Ihre weit geöffnete Auster rieb an meinem Venushügel und jetzt war es an mir, mich so schnell wie möglich auszuziehen.

Ihre rasierte Pussy brachte mich beinahe um den Verstand.

Wir küssten uns. Ließen unsere Zungen umeinander tanzen und kneteten und massierten dabei unsere Brüste. Jane zwickte mich in meinen Nippel und der scharfe Schmerz schoss wie ein Blitz in mein Gehirn. Ich keuchte so heftig, dass meine Kehle zu brennen begann.

»Emma, lass mich dich lecken!« Sie hatte noch nicht ausgesprochen, da hatten wir auch schon die Position gewechselt. Nun drückte die Tischkante in meinen wesentlich weicheren Po, während Jane meine Schenkel hoch hielt, um ihr Gesicht in meiner nassen Spalte versenken zu können.

»Ach … Süße … du schmeckst noch so geil wie damals!«, strahlte sie mich mit nassem Kinn an. »Ich will dich schreien hören, wenn du kommst!«

»Es dauert nicht mehr lange«, ächzte ich und spürte schon die ersten Wellen des herannahenden Höhepunktes.

Jane war versiert genug, um zu wissen, dass ich jeden Moment so weit war. Also züngelte sie mit einer unglaublichen Geschwindigkeit um meine Lustperle herum, und als sich meine Beine neben ihren Armen zu verkrampfen begannen, rief sie: »Spritz für mich, meine Süße … Spritz für mich!!!«

Und da geschah es!

Die Beine von wildem Schmerz erfasst, bunte Sprenkel hinter meinen Lidern, begab ich mich in einen Orkan.

»Jaaa! … Mehr! … MEHR!«, schrie sie und ich wusste, dass ich ihr Gesicht mit meinem Saft tränkte. Er spritzte aus meiner Pussy und Jane trank mit äußerstem Genuss. Sie hörte dabei nicht auf zu lecken, als gelte es, jeden noch so kleinen Tropfen nicht zu verschwenden. Ihre Gier war so überwältigend, dass ich jenen Punkt oberhalb meiner Kirsche selbst so lange reizte, bis ich noch einen zweiten Orgasmus erlebte, der an Intensität und Dauer den ersten sogar noch übertraf.

Wie sehr ich abgespritzt hatte, merkte ich erst, als ich mit zitternden Beinen und weichen Knien aufzustehen versuchte und die Nässe an meinen Beinen und dort, wo ich gesessen hatte, bemerkte.

»Ach du liebe Zeit«, entfuhr es mir.

Jane sah mich an und lachte. »Du warst ganz schön in Fahrt!«

»Komm, lass uns in mein Bett gehen«, sagte ich, denn ich wollte dringend sowohl Thema als auch Schauplatz wechseln. Es war wundervoll mit ihr. Wir kuschelten unter der Decke, küssten und streichelten uns. Vielleicht mochte es keine gute Idee sein, doch gerade hier, in der Wärme und Vertrautheit des Bettes, den Kopf an ihrer Brust, wo ich ihr Herz so laut schlagen hörte, als sei es mein eigenes, konnte ich ihr die Frage stellen: »Jane?«

»Hmm?« Sie sah zu mir herab und unter ihrem Kinn legte sich die Haut in kleine Falten.

»Ich … Ich habe doch das mit dem Escort-Service erwähnt.«

»Jaaa«, machte sie gedehnt. Ein kleines Lächeln huschte über ihre Augen.

»Sag mal … Du könntest dir nicht vielleicht vorstellen …« Weiter kam ich nicht.

Sie reckte sich ein wenig hoch und griff nach den Zigaretten auf dem Nachttisch. Zwei von ihnen steckte sie zwischen ihre schön geformten Lippen, zündete sie an und gab mir dann eine ab.

»Du willst wissen …«, sie blies den Rauch gegen die Decke und machte dabei leise »pffffff«, »… ob ich Lust hätte, bei dem Escort-Service mitzumachen.«

Da mir klar war, dass sie mich gleich ansehen würde, zog ich es vor, die Zigarette zur Seite balancierend, mich auf den Bauch zu drehen. Jane verschränkte einen Arm hinter dem

Kopf und so ruhte meine Wange fast an der weichen Rundung ihrer Brust.

»Ja. So ungefähr.«

Ein neuerlicher Zug, ein neuerliches Entströmen des Rauchs gegen die Decke. Wenn Jane zusagen würde, dann hätte ich ein gutes Gefühl, schoss es mir durch den Kopf. Sie ist die beste Frau, die ich für einen Start finden kann! Aus dem Augenwinkel studierte ich jede noch so winzige Regung ihrer Mimik, jede kleinste Bewegung ihrer Arme und Schultern.

»Wann willst du anfangen?«

Wenn sie Gegenfragen stellte, war es schon mal ein gutes Zeichen, wertete ich ihre Worte.

»Vielleicht im Frühling. Bis dahin dürfte ich alles soweit geklärt haben.«

»Auch das mit George?«

»Ja.«

Sie klopfte Asche in die Glasschale, die sie auf ihren Bauch gestellt hatte. »Willst du seine Klienten abwerben?«

»Nein. Vielleicht erzähle ich dem einen oder anderen von dem Escort-Service«, gab ich verhalten zu verstehen.

»Das ist klug von dir. George würde dir sonst die Seele aus dem Leib klagen. Du darfst ihm keinen Anlass zum Groll geben. Du weißt, dass er die Ausdauer und das Gedächtnis eines Elefanten hat.«

Ich nickte stumm. Und ob ich das wusste ...

»Wenn du alles geklärt und alle Hindernisse aus dem Weg geräumt hast, dann kannst du auf mich zählen.«

Ein Stein fiel mir vom Herzen! Jane war mit ins Boot gestiegen. Im Überschwang der Gefühle stieß ich hervor: »Danke!«

Sie sah mir meine Erleichterung an und lächelte, das Gesicht zur Decke gehoben.

18. Ein neuer Job

Mir war klar, dass ich in der Anfangszeit auch würde begleiten müssen. Doch das störte mich nicht. Ganz im Gegenteil. Ich wollte den Sex mit den unterschiedlichsten Männern ungern aufgeben und ich sah auch keinen Grund, warum ich es hätte tun sollen. Mein Job machte mir Freude und es gab keinen Partner an meiner Seite, den ich damit hätte verletzen können.

Der Schnee taute und hinterließ schmutzig-braunen Matsch. Ein ungutes Gefühl beschlich mich und ich konnte weder sagen, woher es kam noch konnte ich es fest umreißen. Es war mehr eine Art wabernde, düstere Wolke in meinem Magen, die sich langsam ausbreitete. Ich wollte sie auch gar nicht genauer betrachten. Wollte sie viel lieber ignorieren. Durch etwas Positives ersetzen.

Bei diesem Gedanken fiel mir jener Moment bei *Delacro* ein, mit Derek am Fuß dieser Treppe. Wie ich es doch genoss, mir jeden Augenblick wieder ins Gedächtnis zu rufen. Jeden Atemzug, jede Berührung noch einmal zu erleben.

Doch dann wuchs die düstere Wolke wieder, warf ihren Schatten über die Szene und erfüllt mein Herz mit unsagbarer Wehmut. Ich hatte ihn verloren …

***

Aber so schnell wurde man einen McLeod nicht los. Das wurde mir klar, als ich Georges Stimme am Telefon hörte. Als wäre nie etwas gewesen, erkundigte er sich nach meinem Befinden. Plauderte über das Tauwetter und seinen neuen Wagen.

»Hast du am Mittwoch etwas vor?«

So voll war mein Kalender nicht, dass ich die Termine nicht im Kopf gehabt hätte. »Ich muss nachsehen. Kann ich dir jetzt so nicht sagen …« Ich drückte den Hörer gegen die Schulter und zählte von fünfzig rückwärts. Dann legte ich ihn wieder ans Ohr. »Da habe ich Zeit.«

»Gut. Ich habe einen Job für dich.« Am Schmunzeln in seiner Stimme konnte ich erahnen, dass er meine kleine Finte erkannt hatte.

»Etwas Bestimmtes?«

»Ja. Du musst einen Ladendieb schnappen.«

19. LADENDIEB

Ich hatte den Typen seit ungefähr zehn Minuten im Blick. Darin lag der Kitzel für uns beide. Ich musste ihn erkennen, ihn auf frischer Tat ertappen und dann stellen.

In meinem ganzen Leben hatte ich weder geklaut noch jemanden beim Klauen beobachtet. Mein ganzes Wissen zum Thema bezog ich aus irgendwelchen TV-Dokumentationen. Da mein Klient aber offensichtlich genauso unwissend war, und zudem einer der wenigen Kunden, die sich in dieser Boutique aufhielten, zumal als einziger Mann, war mir schnell klar, um wen ich mich kümmern sollte.

Hübscher Bengel. Großgewachsen. Breite Schultern. Die Muskeln waren eindeutig trainiert. Seine Bewegungen wären normalerweise athletisch, ein wenig raubtierhaft sogar, doch im diesem Moment war er gehemmt. Wenn er ein Kleidungs-stück vom Haken nahm, wirkte es vielmehr so, als hielte ihn eine unsichtbare Gestalt fest. Er trug ein T-Shirt, das das Beste sowohl aus seinen von vollen Adern durchzogenen Armen als auch aus seinem absolut sehenswerten Oberkörper machte, nur ganz und gar nicht zum heutigen Wetter passte.

Da seine Jeans, anders als bei den üblichen Filmdieben, sehr eng war, fragte ich mich, zugegebenermaßen leicht amüsiert, wo er seine Beute wohl verstecken würde. Sein Hintern füllte die Hose perfekt aus. Rund und hart. Mit leichtem seitlichen Schwung bei jedem seiner wenig zielgerichteten Schritte. Der Stoff umspannte seine kräftigen Beinmuskeln und ließ auch keine Fragen über seine Männlichkeit offen. Kein Zweifel, der Bursche war äußerst gut bestückt. Ihn zu ertappen, würde besonders amüsant werden.

Einmal mehr stellte ich fest, wie dankbar ich meinem Job sein musste, dass mir die Männer praktisch auf dem Silbertablett serviert wurden und ich nie hatte fürchten müssen, mir einen Korb zu holen.

Er streunte noch immer durch die verschiedenen Bereiche. Seine kräftigen, ziemlich langen Finger glitten über die üppigen Modeschmuckketten und ließen sie klimpern. Als er das Geräusch hörte, zog er seine Hand wie verbrannt zurück. Offensichtlich fürchtete er, meine Aufmerksamkeit auf sich zu ziehen, wo er sie doch schon längst in vollem Umfang besaß.

Eine Kundin hatte ihn ebenfalls bemerkt und musterte seine breiten Schultern, die sie leicht berührt hatten, als er an ihr vorüberging. Ihm fiel wohl ihr Blick auf, woraufhin er schnell ein Shirt aus dem Regal nahm, es betrachtete und wieder zurücklegte. Sie lächelte. Er nicht.

Seine Nase war kräftig und er hatte ein gutes, klares Profil. Sein Haar war von einem Aschblond mit leichtem rötlichen Schimmer. Es war störrisch und er trug es wohl auch deswegen recht kurz. Er war gut eineinhalb Köpfe größer als die Kundin und ich sah ihr an, welche Gedanken ihr durch den Kopf gingen.

Den kleinen Stich, den diese Erkenntnis in mir auslöste, löschte ich dadurch aus, dass ich an sie herantrat und fragte, ob ich ihr behilflich sein könnte. Außerdem wusste ich ja, dass dieser Appetithappen nur für mich bestimmt war.

Jetzt erst, da ich ihm so nahe kam, wurde mir klar, wie breit und groß er war. Er benutzte ein Duschgel, das ich kannte, und es wirkte ungeheuer anziehend. Sein Seitenblick traf mich brennender, als jener der Frau.

»Haben Sie das auch noch in Größe 36?« Sie sprach die gesuchte Größe unnatürlich laut aus. »Über der Brust darf es gern etwas weiter sein«, setzte sie nach und schaute zu ihm hin.

»Einen Moment bitte!«

Ich suchte im Lager, wo ich mich kein Stück auskannte und war doppelt stolz auf mich, als ich nicht nur ein solches Top fand, sondern noch dazu eins in der gewünschten Größe.

Sie probierte es an, während ich ihn beobachtete. Er suchte noch immer, und seine Blicke ließen keinen Rückschluss zu, ob er mich so eingehend musterte, wegen dem, was wir vorhatten oder ob es zu seiner Darstellung des Ladendiebs gehören sollte.

Der Vorhang zur Kabine wurde zurückgeschoben und die Kundin kam wieder heraus. Ich mochte es sehr, für diesen kurzen Moment in einen ganz normalen Job zu schlüpfen. Ja, ich spielte sogar für ein paar Minuten mit dem Gedanken, in solch einer Boutique als Verkäuferin anzuheuern. Als ich mich aber sowohl der Arbeitszeiten als auch der Bezahlung erinnerte, ließ ich den Gedanken fallen wie eine heiße Kartoffel.

»Ich nehme es«, erklärte sie gutgelaunt und ging zur Kasse. »Ach … Sie haben nicht zufällig noch einen hübschen BH, der farblich dazu passt?«

»Aber natürlich«, sagte ich und führte sie in die Lingerie-Abteilung. Es war nicht zu übersehen, dass ich für ihren Geschmack viel zu schnell einen BH bei der Hand hatte. Und es gefiel ihr noch weniger, dass er wirklich passte und sie sich so in Windeseile wieder an der Kasse befand.

Ein Auge auf ihrer Kreditkarte und eines bei meinem appetitlichen Ladendieb, trommelten ihr rechter Zeige- und Mittelfinger neben dem Kartenlesegerät. Ein tiefes Blutrot auf den Nägeln, von dem mir klar war, dass es überall Striche hinterließ, wo es entlangschabte.

Freundlich lächelnd überreichte ich ihr die Tüte mit ihrem Einkauf und verabschiedete sie noch freundlicher.

Als die Tür hinter ihr ins Schloss fiel, waren wir allein. Ich war mir absolut sicher, dass mein hübscher Dieb die Gelegenheit meiner scheinbaren Ablenkung genutzt hatte, um sich mit einem Geschenk zu versorgen.

Noch ein paar sinnlose Handgriffe an der Kasse, prüfender Blick in seine Richtung, dann steuerte ich ihn direkt an. Es galt, meinen eigentlichen Auftrag auzuführen.

»Kann ich Ihnen behilflich sein?« Dezentes Lächeln. Was hatte er geklaut? Und wo hatte er es versteckt? Mit Röntgenblick scannte ich seinen Körper. Wo war die Ausbeulung? Wo war sein Versteck? Das Spiel machte mir von Moment zu Moment mehr Vergnügen. Ich konnte ein wohliges Grinsen kaum unterdrücken.

»Ähm …« Seine Augen wanderten unruhig über mein Gesicht. Jetzt forschte er, was ich wusste, ob ich Verdacht geschöpft hätte.

»Sie suchen etwas für eine jüngere Dame?«, half ich ihm auf die Sprünge. Dabei legte ich meinen Kopf leicht schräg und atmete den Duft seines Rasierwassers ein. Er räusperte sich und verlagerte sein Gewicht auf den rechten Fuß. Ich ahnte förmlich, wie sein Hintern sich dabei anspannte.

»Ja«, kam es knapp.

»Fein. Dann bräuchten wir die Größe der jungen Dame.« Seine Wangen überzog eine leichte Röte.

»So wie ich? Oder eher wie die Dame, die eben gegangen ist?«

Er starrte auf meine Brüste. Das gefiel mir. Das gefiel mir sogar sehr.

»Tut mir leid … Ich habe keine Ahnung.«

»Dann vielleicht doch lieber eine … Kette? Oder eine Brosche?« Die Hand ausgestreckt, deutete ich auf die verspiegelte Ecke, wo der Schmuck drapiert war. Er musste nun vor mir hergehen. So sah ich ihn auch von hinten.

Aha! Idiot, dachte ich. Er hatte das Diebesgut hinten in den Hosenbund geschoben! Gespannt überlegte ich, was er wohl hatte mitgehen lassen.

»Welche Farben trägt die junge Dame denn bevorzugt?«, fragte ich freundlich.

Ein langer Blick streifte mich. Überzog mich mit Interesse. »Grüntöne … Ja, Grüntöne.«

Ich selbst hatte eine flaschengrüne Jersey-Bluse an, die über meinen Brüsten so gedehnt wurde, dass aus dem Flaschen- ein Lindgrün wurde.

»Dann sieht das hier sehr schön aus. Perlen machen sich aber auch immer gut. Wir haben hier auch farbige …«

Wie dicht er bei mir stand ... Sein Arm berührte meinen. Der Duft wurde noch intensiver.

»Ich weiß nicht … Die Perlen sind schön …«

»Die kann die Dame auch sehr gut kombinieren und sie kommen nie aus der Mode. Im Moment trägt man Perlen üppig. Mehrere Reihen. Das darf dann ruhig auch ein wenig überladen wirken. So etwa …« Ich nahm mehrere Stränge in den unterschiedlichsten Längen auf und hielt sie mir vor die Brust. Es war ein merkwürdiges Kribbeln, das seine Blicke auf meinem Körper hinterließ.

»Ähm … ja … Das sieht gut aus«, sagte er und schaute mir nicht in die Augen.

Die Kommunikation mit ihm war etwas holprig, fand ich, denn an dieser Stelle hätte er eigentlich sagen müssen, ob er die Ketten nehmen wolle oder nicht. Mein sexy Dieb schwieg allerdings.

»Soll ich Ihnen noch etwas anderes zeigen?«

Die Röte vertiefte sich.

Ich begann innerlich zu kichern.

»Ähm … nein. Ist okay. Ich, ich nehme sie … Also … die Ketten.«

In diesem Moment hätte ich beinahe losgelacht, doch ich konnte mich beherrschen. Schließlich war ich Profi. Mit ernster Miene bat ich ihn an die Kasse. Dies würde der Moment der Wahrheit werden. Mit jedem Piepen und jedem Aufleuchten des erhöhten Betrags auf dem Kassendisplay wurde er bleicher.

»Macht dann einhundertachtundzwanzig Pfund und zehn Pence. Bar oder Karte?«

Jetzt starrte er mich an. Sein Gesicht – fast versteinert – wirkte noch attraktiver. Die Anspannung gab ihm etwas beinahe Gefährliches. Dazu hob und senkte sich seine Brust, sodass seine Brustwarzen gegen den dünnen Shirtstoff gedrückt wurden. Aus seiner knallengen Hosentasche zog er einen Geldbeutel. Das enttäuschte mich allerdings. Sollte er wirklich Geld haben und die Ketten bezahlen? Seine Finger wanderten durch die diversen Karten in seinem Portemonaie.

»Oh«, machte er plötzlich und damit ging die Sonne auf.

»Ja?«

»Ich fürchte, ich habe meine Kreditkarte draußen im Auto liegen gelassen!« An diesem Satz hatte er bereits länger gefeilt. Er kam sehr locker. Oder der Bursche war ein geübterer »Dieb«, als ich gedacht hatte.

»Ich gehe schnell und hole sie!« Damit lächelte er mich

verbindlich an und wandte sich zum Gehen.

Ab hier war alles Routine.

»Entschuldigen Sie bitte, aber dürfte ich mal sehen, was das da ist?«

Abrupt blieb er stehen. Noch ehe er reagieren konnte, hatte ich sein Shirt angehoben und den Seidenschal hervorgezogen, den er hinter den Hosenbund geknüllt hatte.

Kluge Wahl, dachte ich. Das Ding ist fast hundert Pfund wert und dabei so dünn, dass er an jeder unerfahreneren Verkäuferin ohne Weiteres vorbeigekommen wäre!

Jetzt wurden seine Augen groß. Als verstehe er die Welt nicht mehr, starrte er auf den bunten Stoff in meiner Hand, an dem noch das Preisschild anklagend baumelte.

»Nun?«, forderte ich ihn heraus. »Sagen Sie jetzt bloß nicht, dass Sie keine Ahnung haben, wie das Ding da hingekommen ist!«

Er schluckte hart und ich sah seinen Kehlkopf auf und ab wandern. Es war an der Zeit, die Schraube ein wenig zu drehen.

»Ich … Es tut mir leid.« Wie die Sehnen sich unter der Haut seiner Arme bewegten … Seine Stimme war noch tiefer geworden.

Scheinbar emotionslos deutete ich auf ein Schild, das in der Nähe der Tür hing: »Alle Diebstähle werden zur Anzeige gebracht. Es wird eine Bearbeitungsgebühr von fünfzig Pfund erhoben!«

»Kommen Sie bitte mit«, sagte ich ruhig und höflich, und führte ihn in das Hinterzimmer, das als eine Mischung aus Büro und Lager diente. Hier standen ein Schreibtisch und Kartons mit Ware, die noch ausgezeichnet werden musste.

Die Ketten hatte ich ebenso mitgenommen wie den Schal.

»Es tut mir leid, aber ich muss die Polizei benachrichtigen. Haben Sie einen Personalausweis dabei?« Mit schuldbewusst gesenktem Blick durchforstete er seinen Geldbeutel abermals. Doch diesmal wurde er fündig. Die grüne Plastikkarte wanderte neben meine PC-Tastatur. Sebastian Andrews. Schnell berechnete ich sein Alter. Gerade mal süße dreiundzwanzig, dachte ich schmunzelnd, dann nahm ich den Hörer auf. Ich hatte längst aufgehört, mich zu fragen, was bestimmte Männer dazu brachte, Georges Angebote anzunehmen. Im gleichen Moment, da ich die Nummer der zuständigen Polizeidienststelle anwählen wollte, oder dies zumindest vorgab, stoppte mich seine Hand, die sich fest auf meine legte. Trocken und warm. Er fühlte sich entschieden gut an.

»Bitte?«, machte ich spitz und sah ihm direkt in die Augen. Fest. Kein Blinzeln.

»Hören Sie … Ich werde das Tuch ja bezahlen …«

»Tut mir leid, aber so läuft das nicht. Egal, ob Sie bezahlen oder nicht – Anzeige wird erstattet!«

»Hören Sie doch …« Jetzt bekam seine Stimme etwas Flehendes. »Bitte! Keine Polizei!«

»Und warum nicht?«

Die Frage war überflüssig und suggerierte ihm die vage Möglichkeit, dass ich doch auf die Anzeige verzichten würde, wenn er mir nur einen Grund lieferte, der gut genug war.

»Ich … ich …«, stammelte er. Seine Hand drückte meine. Massierte sie förmlich.

»Ja?«, setzte ich nach. Er stand so dicht vor mir, dass seine Brust meinen Busen berührte. »Ja?« Wie heftig er atmete, wie er sich gegen mich zu drängen schien. Meine Nackenhaare stellten sich auf. Die Kante des Schreibtischs drückte sich gegen meinen weichen Hintern. Ich tat so, als wollte ich ihm ausweichen und wusste doch genau, dass ich das gar nicht konnte.

Jetzt kam er mir wirklich nahe, denn er beugte sich vor.

Diese vollen Lippen hätten jede Frau neidisch gemacht.

»Was?«, hauchte ich leise und reckte mich ihm entgegen. Sollte er ruhig wissen, dass ich nicht unwillig war.

Mittlerweile war mir sein Gesicht so nahe, dass alles außer einem Kuss Nonsens gewesen wäre. Mit einem kleinen Sprung setzte ich mich auf den Schreibtisch und nahm meine Knie so weit auseinander, dass er dazwischentreten konnte, was er auch sofort tat.

»Es gibt sogar einen sehr guten Grund, warum du nicht die Bullen rufen solltest …«, flüsterte er plötzlich in mein Haar.

Es begann in meinem Nacken zu prickeln und eine Gänsehaut rollte über meine Arme. »Und der wäre?«, reizte ich weiter, denn ich hatte entschieden Appetit.

Statt einer Antwort legte er seine Lippen entschlossen auf meine. Jetzt blieb mir der Atem weg. Und was seine Zunge in meinem Mund anstellte … Es war ein gleichzeitiges Suchen und Fordern. Ein Erkunden und Erobern. Seine Brust drückte sich gegen meine. Seine Hand lag auf meinem Hinterkopf und mir blieb nichts anderes übrig, als mich mit beiden Armen an ihm festzuhalten.

Jetzt endlich spürte ich die harten Muskeln, die ich zuvor nur erahnt hatte. Schweiß stand auf meiner Stirn und ich betete, dass er nur halb so gut wäre, wie ich hoffte. Über mich gebeugt, saugte er meinen Atem ein. In meinem Unterleib begann es zu pochen. Und als sich seine Beule gegen mich drückte, verlor ich beinahe den Verstand.

Jetzt war es an mir, den nächsten Schritt zu tun. Also packte ich den Rand seines Shirts und zog es ihm über den Kopf.

»Oh, jaaa …«, entfuhr es mir, als er mich sanft zurücklegte und begann, meine Brüste zu kneten. Mit wenigen entschlossenen Handgriffen zog er meinen BH über meine Halbkugeln hoch und betrachtete dann jene erigierten, dunkelroten Spitzen, die sich ihm entgegenreckten.

»Du bist heiß!«, knurrte er und seine Stimme ließ meinen Unterleib förmlich vibrieren. Dann warf er sich auf mich und saugte meinen Nippel zwischen seine Zähne, während seine Hand ungestüm zwischen meinen Schenkeln zu streicheln begann. Heiße Feuchtigkeit sammelte sich in meiner Spalte. Es prickelte und ich sehnte mich nach seinem Schwanz. Fantasierte ihn zwischen meine Lippen.

Mit einem Ruck beseitigte er meinen störenden Slip mit Hilfe einer Papierschere und eroberte mein Loch mit seinen Fingern.

»Du bist nass … oooh, jaaa … So liebe ich eine Möse … Nass und geschwollen!« Seine Worte brachten mich fast um den Verstand. Ein so tiefes Rauschen, dass es bis in mein Knochenmark zu rinnen schien. Erfüllt von einer ungeheuren Sehnsucht begann ich, mich an ihm zu reiben. Bewegte meinen Unterleib so lange auf und ab, bis auch er es nicht mehr auszuhalten schien und seine enge Jeans abstreifte.

Fasziniert betrachtete ich den dicken, geröteten Schaft, der vor seinem Bauch stand. Seine Eier bewegten sich vor Gier. Ich konnte mich nicht sattsehen an den drahtigen Löckchen, die seine Scham ausmachten, und die sich in einem schmalen Pfad bis zu seinem Nabel emporkräuselten. Zwei Rinnen über seinen Leisten betonten die Straffheit seines Körpers.

Sein Finger brachte immer neue Feuchtigkeit aus meinem Loch zwischen meine Schamlippen, um sie dort zu verstreichen, bis ich mich in ein wimmerndes Etwas zu verwandeln begann.

»Ich will dich schmecken«, stieß er gepresst hervor und spreizte meine Schenkel weit. Ein gewisses Ziehen setzte in meinen Oberschenkeln ein und ich ärgerte mich über meine mangelnde Gelenkigkeit. Dennoch zog ich meine Knie soweit ich konnte gegen die Tischplatte und wölbte meinem Liebhaber so meine nasse Möse entgegen.

Sein widerspenstiges Haar zu beobachten, während sein Kopf sich lebhaft hin und her bewegte, machte mich trunken vor Lust. Umkreiste er in einem Moment meine Klitoris noch wie eine geschickte Schlange, so stieß er im nächsten Moment bereits in mein Loch, dass ich zu schreien begann.

Das Blut rauschte in meinen Ohren und ich stieß meinen Unterleib gegen seinen Mund, da ich nicht genug bekommen konnte von dem, was er mit mir anstellte. Also schlug ich meine Finger in sein Haar und hielt ihn so fest, dass er sich nicht mehr von meiner Pussy lösen konnte. Sein heißer Atem schlug gegen meine Labien und ich wusste, dass es nicht mehr lange dauern würde, bis ich in einem gewaltigen Orgasmus explodieren würde.

Aber da entfernte er sich plötzlich. Drängte meine Hände beiseite und wandte sich jenen Perlenketten zu, die ich aus dem Verkaufsraum mitgebracht hatte.

Entschlossen zog er mich ein wenig nach vorn, sodass mein Hintern über die Tischkante hing. Dies gab ihm den Spielraum, um einen Strang durch meine Spalte zu ziehen. Langsam. Perle um Perle rieb an meinem Kitzler entlang. Ich aber keuchte. Stöhnte. Schrie. Starrte auf die cremefarbenen Geschmeide, die mir, von meinem Saft benetzt, eine solche Lust verschafften.

Aber er war mit seinen Ideen noch nicht am Ende … So begann er, einen Strang um meine rechte Brust und einen weiteren um meine linke Brust zu schlingen, wobei der letztere riss und die Perlen mit lautem Tacken zu Boden fielen.

Mit einem neuen Versuch funktionierte es. Das Gefühl war unglaublich. Ein gleichmäßiger Druck, der meine Brüste in

Erregung versetzte und meine Nippel nochmals anschwellen ließ. So über die Maßen sensibilisiert, reagierte mein Körper mit jedem Schnippen seiner Fingerspitzen gegen meine Brustwarzen mit einer wahren Explosion in meinem Unterleib.

Ich bewegte meinen Oberkörper, denn ich wollte mehr von diesem Druck, mehr von seinen Berührungen.

Als er mich fragte: »Soll ich deinen Titten was verpassen?«, nickte ich nur noch. In einem trunkenen Nebel aus Gier und Lust. Sobald seine flache Hand gegen mein gewölbtes, gequetschtes Fleisch klatschte, winselte ich wie eine geile Hündin.

»Magst du das?«, fragte er fordernd.

Ich liebte die Art und Weise, wie er mit mir sprach. »Die Perlen … unten …«, stammelte ich und lauschte mir selbst, wie einem fremden Wesen.

»Jaaa … Ich weiß … Die ficke ich in dich rein, meine heiße Schlampe!« Es durchrieselte jene Teile meines Körpers, die von meinem Taumel noch nicht erfasst worden waren. Seine muskulösen Arme halfen mir von meinem immer unbequemer werdenden Platz, sodass ich vor ihm auf die Knie gehen konnte.

Jetzt vermochte ich endlich, ihm etwas von jener Lust zurückzugeben, mit der er mich die ganze Zeit verwöhnte. Also leckte ich erst langsam – nur mit der Zungenspitze – um seine Eichel herum. An der schmalen Naht verharrte ich. Ein Beben in seinen Arschbacken zeigte mir, dass er an dieser Stelle besonders empfänglich war. Also kitzelte ich sie, bis er anfing, in einem gleichmäßigen Rhythmus mit seinem Unterleib vor und zurück zu stoßen. Zeit, meine Lippen zu einem festen Ring um seinen Schaft zu schließen und dann tief in meine Kehle wandern zu lassen. Dabei versäumte ich nicht, mit meiner Zunge seinen Ständer so zu verwöhnen, wie er es brauchte. Ich wechselte zwischen fest und sanft, saugte an seinem harten

Fleisch und knabberte an der glatten Haut.

Er stand sehr aufrecht, den Kopf in den Nacken gelegt und die Augen geschlossen, hielt meinen Kopf in seinen Händen und begann, in meinen Mund zu stoßen. Sein immer heftiger werdendes Stöhnen und Keuchen brachte mich in einen Zwiespalt. Was sollte ich tun? Würde ich es ihm derart mit dem Mund weiterbesorgen? Würde er genau so kommen? Natürlich hätte ich dagegen nichts einzuwenden gehabt, denn ich liebte es, den Samen meiner Liebhaber in meinem Mund zu sammeln. Seine Konsistenz zu erforschen und seinen Geschmack auf meiner Zunge schmelzen zu lassen. Aber in diesem Fall hatte ich ein mindestens genauso großes Bedürfnis danach, seinen Schaft in meiner Pussy aufzunehmen, mich von seiner üppigen Männlichkeit benutzen zu lassen und so uns beiden einen krönenden Abschluss zu schenken.

In beiden Fällen allerdings, das war mir klar, hatten wir nur noch eine begrenzte Zeit zur Verfügung. Nicht nur, weil jeden Moment Kunden den Laden betreten konnten, sondern auch, weil mein stürmischer Liebhaber mittlerweile in sehr kurzen Abständen und ziemlich heftig in meinen Mund stieß.

»Oh, Gooott …«, stöhnte es über mir und ich fürchtete, er würde meine Wange mit seinem Schwanz durchstoßen. »Oh, Gooooot … ich … komme … jetzt … jetzt!«, keuchte er.

Mit einem Griff hatte ich seine zuckenden Eier in der Hand. Sein ganzer Körper bebte und vibrierte. Seine Bewegungen wurden unkontrolliert und dann – ich hielt meine Lippen so gut es ging um seinen Schaft geschlossen – explodierte er. Die Ströme seines Samens waren so heftig, dass ich sie nicht fassen konnte. Die cremige Flüssigkeit rann über mein Kinn und tropfte auf meine angespannten Brüste.

Als ich aber seinem Gesicht ansah, wie geil er den Anblick

fand, ließ ich noch mehr auf meine Titten tropfen. Dann verrieb ich sein Sperma auf meinen Brüsten.

»Uuuh, Baby ...«, stöhnte er und ich musste innerlich schmunzeln, weil das doch sehr nach Porno klang ...

Sanft half er mir auf die Füße und löste dann die Perlenstränge von meinen blutdurchpulsten Brüsten. Jetzt erst konnte ich wieder durchatmen, da der Druck von mir genommen war. Noch immer begriff ich nicht wirklich, dass unsere Nummer am Ende angelangt sein sollte. Zu sehr hatte ich diesen Mann genossen.

»Ähm ... Ich warte dann jetzt, ja?«, sagte er zaghaft.

»Worauf?«, wollte ich, leicht desorientiert, wissen.

»Na, bis die Polizei kommt.« Dabei schenkte er mir einen langen Blick, der nichts mit seiner Befürchtung zu schaffen hatte. Er wirkte eher kess ...

Ach, was soll's, dachte ich und machte eine wegwerfende Handbewegung. »Wenn du versprichst, hier nicht mehr zu klauen ...«

Ein scheues Lächeln zeigte sich in seinem Gesicht.

Gemeinsam gingen wir zur Ladentür.

»Danke für den tollen Fick«, sagte ich wenig zartfühlend, aber er quittierte den Satz, indem er sich über mich beugte und mir einen langen, beinahe gierigen Kuss gab. Dann ging er hinaus. Ich sah ihm nach, bis er aus meinem Sichtfeld verschwunden war.

20. Unerwarteter Besuch

Der Strauß aus bunten Tulpen stand mitten auf meinem Wohnzimmertisch. Der lange, schneereiche Winter hatte mich hungrig nach Farben und Natur gemacht. Wieder und wieder studierte ich die Kataloge und stöberte nach allem Möglichen, das ich im Frühling würde pflanzen können.

In gemütlichen cremefarbenen Leggings und einem weiten Herrenpullover, dazu Legwarmers und Kuschelsocken, saß ich im Schneidersitz auf meiner Couch und betrachtete abwechselnd den Strauß und den auf meinem Schoß ruhenden Katalog.

Ich fühlte mich zufrieden und aufgeräumt. Meine Pläne gingen gut voran und ich hatte auch schon ein paar Kunden von der Agentur erzählt. Nachdem ich ihnen versichert hatte, dass ich selbst auch zur Verfügung stehen würde, hatten sie sogleich meine Karte akzeptiert, mit dem Versprechen, auf meine Nachricht zu warten, dass es losginge.

Von Jane hatte ich ein paar wirklich gute Tipps bezüglich der Locations bekommen, zu denen man Herren mitnehmen konnte, die nicht ihre eigenen Räume nutzen wollten.

Darren seinerseits erwies sich als zuverlässiger Berater und Organisator mit wichtigen Verbindungen zu den maßgeblichen Behörden. Und da alles so gut voranging, dachte ich daran, bereits Anfang März loszulegen.

In diese zufriedenen Gedanken, zwischen Escort-Service und Gartenlilien, klingelte es an meiner Tür. Ich erwartete niemanden und war verblüfft, denn die einzigen Menschen, die mich – abgesehen von ein paar wenigen Stammkunden –ohne jede Vorankündigung besuchten, waren Derek und George.

Von Letzterem wusste ich, dass er sich auf einer Geschäftsreise befand. Und bei der Aussicht, gleich Derek gegenüberzustehen, wurde mir mehr als mulmig, denn die Dinge zwischen uns waren keineswegs geklärt. Etwas, tief in mir, weigerte sich standhaft, ihn loszulassen. Führte dazu, dass er sich in all meine Gedanken stahl und keinen Platz für einen anderen Mann ließ. So gut es ging, setzte ich mich gegen diese Erkenntnis zur Wehr, überlegte mir bei jedem, den ich kennenlernte, ob ich mit ihm eine Beziehung anstreben sollte.

Ich löste meine etwas eingeschlafenen Beine aus dem Schneidersitz und ging zur Tür. Ein kurzer Blick durch die Überwachungskamera genügte, um mich augenblicklich erstarren zu lassen.

Laura!

Das lange blonde Haar fiel in weichen Wellen über ihre in einem hellen Wollmantel steckenden Schultern. Das Make-up dezent und nur die goldenen Creolen auffällig hervorschimmernd.

Es fiel mir sofort auf: Laura hatte sich verwandelt. Von der legeren Freundin Derek McLeods in eine Dame der Society. Ihr Outfit ähnelte jenen, die man in den hochpreisigen Modezeitschriften sah. Ich konnte mir nicht vorstellen, dass es Dereks Geschmack war, was sie trug. Doch mochte dieses Urteil auch von einer gewissen weiblichen Eifersucht herrühren.

Ich hielt die Luft an und überlegte für einen verführerischen Moment, ob ich einfach so tun sollte, als sei ich nicht da. Im gleichen Atemzug kam mir ein solches Verhalten unsagbar kindisch vor. Zumal sie sicherlich nicht den Weg zu mir gewählt hätte, wenn es nicht um etwas Gravierendes ging.

Außerdem schätzte ich sie noch immer. Nicht nur, weil sie ein sympathisch-verbindliches Wesen besaß, sondern weil sie Derek gegenüber große Selbstlosigkeit an den Tag gelegt hatte. Etwas, zu dem ich nie fähig gewesen wäre.

Also öffnete ich die Tür.

»Emma …« Sie zögerte einen Moment und sah mich an, als sei sie sich unsicher, ob ich wirklich die Person sei, die sie hatte aufsuchen wollen.

»Laura …« Ich trat einen Schritt zur Seite und sie ging an mir vorbei. Vor meiner Apartmenttür wartete sie abermals, bis ich vorangegangen war.

»Kann ich dir etwas anbieten?«

Sie nickte, ohne den Tisch mit den diversen Flaschen auch nur eines Blickes gewürdigt zu haben.

»Sherry? Scotch? Oder möchtest du lieber einen Kaffee?«

»Kaffee, wenn es dir keine Mühe macht.«

Als würde es irgendwem irgendeine Mühe machen, einer Klasse-Frau wie Laura einen lumpigen Kaffee zu brühen.

Ich ging in die Küche, füllte den fertigen Kaffee in eine schöne Kanne und trug ihn, zusammen mit den Tassen, Milch und Zucker, auf einem Tablett ins Wohnzimmer. Dort schenkte ich uns beiden ein.

»Was führt dich zu mir?«

In diesem Fall verzichtete ich auf alle Floskeln, von wegen: »Schön, dich nach so langer Zeit wiederzusehen.« Oder: »Na, wie bekommt dir das Eheleben?«

Doch Laura schwieg. Sie betrachtete den Kaffee in ihrer Tasse, als sei er ein Orakel. »Derek«, sagte sie knapp und ihre Stimme klang, als käme sie von weit her.

Das ist jetzt nicht die Überraschung des Tages, dachte ich. »Was ist los mit ihm?«

»Ich weiß es nicht. Ich weiß nur, dass er sich verändert hat. Ich kann dir nicht mal sagen, seit wann das so ist … Ich weiß nur, dass … Es wird immer schlimmer. Er schläft nächtelang nicht. Dann höre ich ihn durchs Haus wandern. Vollkommen ruhelos.« Sie senkte den Kopf wie ein ertapptes Schulmädchen. »Ich habe ihn beobachtet … Er setzt sich vor den Computer, aber er tut nichts daran. Dann steht er wieder auf. Läuft herum. Raucht. Nächtelang.«

»Hast du mit ihm geredet?« Es war die Standardfrage. Aber eine andere fiel mir nicht ein.

»Ich habe es versucht. Aber du kennst ihn ja. Es sei alles in Ordnung, meint er. Aber in seinen Augen sehe ich, dass gar nichts in Ordnung ist. Manchmal …« Ihr Kaffee kühlte langsam ab, doch sie ließ ihn unberührt. »Manchmal denke ich …« Ihr direkter Blick traf mich unvorbereitet. »Kann ich eine Zigarette rauchen?«

Ich stand kommentarlos auf und holte den schweren Kristall-Aschenbecher für uns beide. Sie zündete eine Zigarette an. Selbst, wenn sie rauchte, sah es elegant aus. Sie hielt die Zigarette ganz vorn zwischen den Fingern, wie eine optische Verlängerung. Ihre Hände wirkten so noch graziler und mein Magen zog sich beim Anblick ihres schlichten goldenen Eherings schmerzhaft zusammen.

»Manchmal denke ich, er wird von irgendwelchen Teufeln gejagt.«

Wie sie das meinte, war mir nicht wirklich klar, aber ich ging davon aus, dass sie es mir erklären würde. Und auch, weswegen sie sich gerade an mich wandte. Andererseits ahnte ich natürlich, wo ich bei der Sache ins Bild kam, wäre es doch nicht das erste Mal, dass ich ihr bei ihm helfen würde.

»Und … Was ist die Ursache?«

Sie zuckte mit den Schultern. Plötzlich wirkte sie wie ein kleines Mädchen, das die große Dame spielte, aber dabei an ihre Grenzen geraten war.

»Ich kann es dir nicht sagen. Ich weiß nur, dass es immer schlimmer wird. Von Tag zu Tag. Er sieht furchtbar aus. Isst kaum noch. Manchmal verschwindet er einfach und ich habe keine Ahnung, wohin er geht. Selbst große Einladungen lässt er platzen. Nicht mal, wenn wir wichtige Gäste haben, sieht er sich genötigt, zu erscheinen. Dann stehe ich allein als Gastgeberin da. Manchmal hilft Vater mir aus und ersetzt Derek. Aber das ist ja nicht die Idee dabei.«

Es war ihr offensichtlich peinlich. Und ganz offensichtlich schrieb sie sich selbst die Schuld an Dereks unverzeihlichem Verhalten zu. Womit sie wieder ganz die Rolle der guten Hausherrin und Ehefrau ausfüllte.

»Und George? Hast du mit ihm geredet?«

»Ach, George …«, seufzte sie und brauchte nicht mehr zu sagen. Er hatte sie längst fallen gelassen. Sie hatte seinen Sohn vor dem Gefängnis, oder Schlimmerem, bewahrt, ihn geheiratet und alle weiteren Schwierigkeiten erachtete er allein als Problem der beiden. Er würde sich erst wieder für sie einsetzen, wenn er das Gefühl hatte, die Affäre könnte seine eigenen Kreise stören.

»Und was für eine Vermutung hast du bezüglich der Ursache seines Verhaltens?«

Jede andere Frau hätte gesagt: »Dass er eine Geliebte hat.«

Nicht so Laura. »Ich denke, es könnte sein, dass er sich wieder in Schwierigkeiten gebracht hat.«

Womit sie zweifellos auf Dereks jüngste Vergangenheit anspielte. Sie zog die Schultern nach vorn, als würde sie frieren und verstärkte so den Eindruck größter Hilflosigkeit.

»Was meinst du mit Schwierigkeiten?«

»Ach, Emma … Wenn ich das wüsste. Nichts ist mehr, wie es war. Bis zur Hochzeit war alles normal. Alles lief gut. Ich dachte, es würde so weitergehen.« Abermals senkte sie den Kopf und ich wunderte mich, dass ihre Haare nicht nach vorn rutschten.

»Himmel … Ich war so naiv.« Die letzten Worte hatte sie beinahe geflüstert.

Alles in mir drängte danach, sie in den Arm zu nehmen, doch ich konnte es nicht. In mir stieg die grauenvolle Gewissheit empor, warum Derek sich so verhielt. Unmöglich, dass seine Gefühle für mich derart tief und ernst waren, dass sie ihn so aus der Bahn zu werfen vermochten. Hatte er nicht mit mir gespielt, die ganze Zeit, seit wir uns kennen gelernt hatten?

War es nicht nur ein merkwürdiger Machtkampf gewesen, den wir in diversen Betten ausgetragen hatten? Für mich hatte immer festgestanden, dass er mich als nichts weiter betrachtete, als das Spielzeug seines Vaters, das er diesem abjagen wollte. Derek, von Beruf Sohn, der nichts tat, als seinem Vater zu beweisen, dass er mich nehmen konnte, wenn er wollte.

In mir drängte es danach, sie zu fragen, ob es nicht sein könnte, dass er eine Geliebte hatte. Doch mit dieser Frage hätte ich mich so weit aus dem Fenster gelehnt, dass ich mit Sicherheit gefallen wäre. Also biss ich mir auf die Lippen.

Wie konnte es sein, dass wir beide hier saßen und in derart unterschiedliche Richtungen dachten?

»Vielleicht hat es ja auch einen ganz anderen Grund«, sagte ich und betonte es so oberflächlich wie nur irgend möglich. Es war alles, was ich für sie tun konnte. Die Möglichkeit eröffnen, dass die Veränderungen an ihm eine ganz harmlose Ursache hatten, an die sie nur noch nicht gedacht hatte.

»Wenn es doch nur so wäre«, sagte sie leise, beinahe sehnsüchtig.

»Denkst du, er könnte sich verliebt haben?«, fragte ich und lehnte mich nun doch aus dem Fenster. »Möglich wäre es doch.«

»Ja, gewiss ... Möglich wäre es ...«, sagte sie matt.

Das lange Schweigen deutete darauf hin, dass sie den Gedanken weiterverfolgte. »Emma, ich weiß, dass Derek kein Unschuldsknabe ist. Aber wir sind doch verheiratet.«

Ja, es konnte keinen Zweifel geben. Laura war noch immer die naive Internatsschülerin. »Genau das mag ja der Grund sein, warum es ihn so mitnimmt.« Ich fühlte mich, als stünde ich auf einem sinkenden Schiff und redete mir ein, die Planken unter meinen Füßen würden mir Halt geben.

»Wenn er mich verlassen würde, Emma! Das würde ich nicht ertragen ...« Eine Träne löste sich aus ihrem Auge und rann durch ihre Wimpern.

So viel echte Verzweiflung lag in ihren Worten, dass mir körperlich schlecht wurde. Alles in mir krampfte sich zusammen.

Was tat er ihr nur an?

Es war wie ein brutaler Schlag in meinen Nacken. Und ich war genauso schuldig, wie er. Das hatte ich nicht bedacht. Natürlich hatte ich an Laura gedacht. Und als er bei *Delacro* förmlich über mich hergefallen war, während seine Frau oben Möbel anschaute, da hatte ich doch versucht, ihn abzuwehren. Aber mit welcher Ernsthaftigkeit denn?

Hatte sich nicht alles in mir nach dieser Umarmung gesehnt? Ja, ich hatte ihm wieder und wieder gezeigt, wie sehr ich ihn wollte. Wenn auch unsere Worte andere gewesen waren. Was wir taten, sprach Bände, dass wir zwei von der gleichen Art waren. Die Erkenntnis traf mich mit brachialer Gewalt. Das hatte mich von Beginn an an ihn gebunden, und ihn an mich. Die schiere Tatsache, dass wir uns so ähnlich waren. Zwei Menschen, die alles vollkommen bedenkenlos über Bord warfen, wenn sie ein Ziel verfolgten. Und für Derek und mich gab es nur ein Ziel: den anderen!

Urplötzlich sah ich mich in einer Situation, die mich ebenso überforderte wie Derek und Laura. Zu dritt saßen wir in einem Boot, das jeden Moment zu kentern drohte und ich hatte die bange Überzeugung, dass nur zwei von uns gerettet werden konnten.

Dies zu sehen, brachte mich augenblicklich auf die Beine. Ich konnte nicht mehr länger ruhig sitzen bleiben. Lief hin und her, die brennende Zigarette zwischen den Fingern.

»Jetzt siehst du aus wie er«, sagte sie mit einem Schmunzeln. Doch dieses Schmunzeln schnitt mir ins Herz.

»Laura, ich würde die Sache an deiner Stelle ganz ruhig angehen.« Es kostete mich alle Kraft, die ich aufbringen konnte, um meine Rolle weiter zu spielen. »Lass ihm Zeit. Biete dich als Gesprächspartnerin an. Du darfst ihn nicht bedrängen. Ihn nicht zu irgendeiner Art von Entscheidung drängen. Gib dir alle Mühe der Welt, um ihn an dich zu binden.«

»Und wie soll ich das tun?«

Ich schloss meine Augen. Herr, gib mir eine Pause, betete ich. Wie sollte ich einer Internatsschülerin sagen: Gib ihm geilen Sex! Setze all seine Fantasien in die Wirklichkeit um! Lass ihn mit seinem Schwanz denken, damit er die andere vergisst! Wo ich doch gleichzeitig schreien wollte: Wirf ihn hinaus, damit er an meine Türschwelle gekrochen kommt!

»Werde wieder so, wie du damals warst, als er sich in dich verliebt hat. Gib ihm die alte Laura zurück.« Etwas Harmloseres und gleichzeitig Praktikableres fiel mir nicht ein.

»Ja. Es stimmt. Ich habe mich verändert. Aber doch nur äußerlich. In meinem Herzen bin ich noch immer die alte Laura. Das muss er doch erkennen.«

Wie konnte ich sie nur derart hintergehen? Sie war hergekommen, hatte sich überwunden, und meine Hilfe gesucht. Und ich gab ihr nicht mehr als gute Allerweltsratschläge.

Geleitet von ihrem weiblichen Instinkt, war sie in die Höhle der Löwin getreten und erkannte es nicht mal.

In diesem Moment wusste ich es so klar und sicher wie nie zuvor: Ich wollte Derek! Und ich wollte ihn um jeden Preis.

Es war mehr als läppische Spielerei zwischen uns. Und ich vermutete, dass Derek sich weniger davor fürchtete, Laura wegen mir zu verlassen, sondern vielmehr, sich in einen Strudel zu werfen, aus dem es kein Entrinnen mehr gab.

»Das ist alles, was ich dir raten kann. Gib ihm die Vergangenheit wieder. Den Beginn eurer Liebe. Wenn er das wieder spürt, dann wird er die andere Frau vergessen.«

Laura drückte ihre Zigarette im Aschenbecher aus und stand auf. »Du hast recht! Das werde ich tun! Das war ein guter Rat.« Sie trat dicht an mich heran.

Wieder roch ich das kostbare Parfum. »Und wenn doch etwas anderes dahinter stecken sollte, dann melde dich jederzeit bei mir. Ich werde mit ihm sprechen. Das ist gar kein Thema!« Du verlogenes Dreckstück, schrie eine Stimme in meinem Kopf. Du willst nicht mit ihm sprechen – du willst ihn ficken! Du willst deine Klauen in seine Seele schlagen und ihn in Besitz nehmen. Seinen mickrigen, vorgeschobenen Widerstand brechen!

Nein!, rang ich die Stimme nieder. *Er* hat mich zu überwinden versucht! Auf dem Ball. Bei *Delacro*. Jedes Mal. *Ich* habe ihm Widerstand geboten.

Während ich Laura zur Tür begleitete, hörte ich noch das höhnische Gelächter der Stimme in meinem Kopf.

21. GEILE VORFÜHRUNG

In dieser Nacht schlief ich nicht. Zwei Stunden hatte ich mich in meinem Bett hin und her gewälzt, dann war ich aufgestanden, hatte einen Joghurt am Kühlschrank stehend gegessen und war dann ruhelos rauchend durch die Zimmer gewandert.

Je länger ich über alles nachdachte, desto problemloser fügten sich alle Puzzleteile zusammen. Alles ergab jetzt einen Sinn. Wir waren aufeinander getroffen und hatten unsere Beziehung bald wie einen Unfall aussehen lassen. Mit allen Mitteln hatte Derek versucht, von mir loszukommen: Mit Alkohol, Frauen, ja sogar mit Männern. Er hatte versucht, sich selbst und mich so zu verletzen, dass uns gar nichts anderes übrig blieb, als von einander zu lassen. Wir hatten miteinander gerungen und wenn wir aufeinander getroffen waren, hatte es stets einen Urknall aus Gier und Leidenschaft gegeben.

Zwei von derselben Art.

Jetzt wusste ich auch, warum George so vehement auf dieser Heirat bestanden hatte. Sie sollte Derek nicht nur vor dem Gefängnis bewahren, sondern auch vor mir. Und Derek hatte den Strohhalm ergriffen, den sein Vater ihm hingehalten hatte.

Dabei täuschte ich mich selbst keinen Moment darüber hinweg, dass George dies weder aus Sorge um seinen einzigen Sohn tat noch aus Zuneigung zu mir, seiner Lieblingsnutte. Nein! George tat es nur aus einem einzigen Grund: Er fürchtete, dass in dem Moment, in dem wir zusammenkommen würden, seine Geschäfte beeinträchtigt werden würden. Und dies verhinderte er mit allen Mitteln. Er hatte Geld und Einfluss genug, um uns wie Marionetten tanzen zu lassen.

Und dafür hasste ich ihn!

Mir war immer klar gewesen, dass George die Menschen manipulierte, aber dass er auch mit mir so verfahren würde, das hatte ich nicht geahnt.

Als der Morgen graute, kochte ich einen Kaffee und setzte mich an den kleinen Zweiertisch in der Küche. Ich sah hinaus auf die Straße, wo langsam das Leben aus den morgendlichen Dunstschleiern erwachte.

Warum konnte ich die Sache nicht einfach beenden? Mit

dem Escort-Service im Gepäck hätte ich irgendwohin ziehen können. Ein neues Leben beginnen. Weggehen und Derek hinter mir lassen. Dann wäre seine Ehe gerettet und unsere Leben wieder in Ordnung gebracht.

***

Es war mein Telefon, das mich aus einem traumlosen Schlaf weckte, denn ich war am Küchentisch eingeschlafen. Schnell lief ich ins Wohnzimmer und nahm das Gespräch entgegen.

Georges Sekretärin meldete mir einen neuen Auftrag.

***

Noch am gleichen Abend holte Danny mich zu Hause ab und schien dann, nachdem wir die Innenstadt hinter uns gelassen hatten, ewig durch die Londoner Vorstädte zu fahren.

Meine Blicke streiften Reihenhaussiedlungen, leer stehende Gebäude und heruntergekommene Geschäfte, an deren Fenstern zerrissene »SALE!«-Schilder klebten.

Als wir vor einem alten Theater hielten, sah ich mich zunächst überhaupt nicht dazu aufgerufen, auszusteigen. Erst als Danny um den Wagen herumkam und die Tür öffnete, begriff ich, dass wir am Ziel angekommen waren.

»Hier ist es«, sagte er ruhig und ich betrachtete verwundert jene veraltete Mischung aus Kino und Theater. Wir verabschiedeten uns knapp und ich betrat das Haus durch eine gläserne Tür, die flankiert war von leeren Schaukästen, in denen wohl vor Urzeiten die Plakate der Kinofilme gehangen hatten. Die Eingangshalle war düster und es schien nirgendwo ein Mensch außer mir zu sein.

Die Stille hallte förmlich in meinen Ohren. Ein muffiger Geruch lag über allem. Diese Räume mussten seit Jahren verlassen sein. Dennoch hatte jemand die Beleuchtung angeschaltet. Wenn auch nur die nötigsten Lampen. Es waren Kronleuchter mit Stoffschirmen über den Glühbirnen. Vergilbt und staubig, wie alles hier. Selbst die Fensterrahmen hatten einen merkwürdig melancholischen Sepia-Ton angenommen. Erinnerung an die Zeiten vor dem Rauchverbot in öffentlichen Räumen.

Plötzlich hörte ich Schritte in der Ferne. Im gleichen Moment hallte eine Stimme hohl die breite Treppe mir gegenüber herab.

»Miss Hunter?«

»Ja! Ich bin hier unten in der Halle!«, antwortete ich und die Schritte kamen zügig näher. Ein großgewachsener, blonder Mann mit gleichmäßigen Zügen und beinahe athletischer Figur schlenderte lässig die Treppe herab. Es war der Auftritt eines Entertainers. Fast hätte ich erwartet, dass er ein Glas Whiskey und eine Zigarette in die Hand nehmen und »New York, New York« anstimmen würde.

Noch im Gehen streckte er mir freundlich lächelnd seine Hand entgegen, die ich sofort ergriff. Warm und trocken fühlte sie sich an. Entweder war er nicht nervös oder er hatte keinen Anteil an den Dingen, wegen derer ich mich hier befand.

»Schön, dass sie gekommen sind. Folgen Sie mir, bitte. Ich zeige Ihnen die Künstler-Garderobe.«

Vielleicht würde *ich* »New York, New York« singen müssen, dachte ich leicht amüsiert.

Wir gingen die breite Treppe nach oben. Das dunkelbraune Geländer war abgegriffen von Generationen von Besuchern. Der Teppich auf den Stufen ausgefranst und die Farben längst nicht mehr zu erkennen.

»Bitte hier entlang.« Er deutete mit ausgestrecktem Arm auf eine Tür, an der ein halb durchgerissener Stern baumelte. Hatte ich erwartet, dass die Garderobe gepflegter wäre, als der Rest des Gebäudes, sah ich mich getäuscht. Es gab hier nichts als Staub, einen halb blinden Spiegel, zwei Stühle und einen Schminktisch.

»Wenn Sie sich bitte ausziehen würden.« Es klang wie die Einweisung vor einer Untersuchung.

Ich verschwendete keine Zeit und entkleidete mich. Bei der Wäsche hielt ich inne und sah ihn fragend an.

»Alles bitte.«

Als ich nackt vor ihm stand, nickte er. Wobei in seiner Miene keinerlei Wertung zu lesen war.

»Die Schuhe bitte anlassen«, sagte er mit einem Hauch Hast, als ich mich zu den schmalen Riemchen meiner Highheels herabbeugte. Also richtete ich mich wieder auf.

»Wenn Sie bitte Ihre Arme auf den Rücken nehmen würden. Ich werde Sie jetzt fesseln.«

Es gehörte zu meinem Job, auch so etwas mitzumachen, wenn ich auch nicht verhehlen konnte, dass mich stets ein ungutes Gefühl beschlich, wenn ich in einer fremden Umgebung meine Bewegungsfreiheit einschränken lassen sollte. Dennoch fügte ich mich. Nicht zuletzt im Vertrauen auf George und auf Danny, der mehr als nur Fahrer war.

Mit einem schwarzen Strick band der Mann meine Hände auf dem Rücken zusammen, wodurch meine Brüste etwas herausgedrückt wurden, da ich mich nach hinten lehnte. Allerdings war er rücksichtsvoll genug, die Fesselung vergleichsweise locker zu halten, sodass mir weder das Blut abgedrückt wurde, noch ich das Gefühl wirklicher Gefangenschaft hatte.

Er ging hinter mir und dirigierte mich vorsichtig durch einen langen Flur, der vor einer zweiflügeligen Tür endete. Jemand hatte mit dickem schwarzen Filzstift »STAGE!« daraufgeschrieben, und so wie es aussah, hing dieses Schild noch nicht allzu lange.

Als er die Tür vor mir öffnete, fiel mein Blick zuerst auf Bühnengerümpel an der Wand zu meiner Rechten. Links waren die Rückseiten der Kulissen. Wir gingen durch einen schmalen Gang, der an den Kulissen vorbei auf die Bühne führte.

Mein Herz begann heftig zu schlagen. Es wummerte in meiner Brust und ich bekam eine Gänsehaut, als ich einen Gynäkologenstuhl sah, der auf der Bühne stand. Und davor, verteilt im gesamten Zuschauerraum, ungefähr zwanzig Männer. Jeder von ihnen war von mehreren Reihen leerer Sitze umgeben.

Ich kontrollierte meinen Atem, denn ich wusste, dass die Akustik in diesem Theater jeden meiner Laute ans Publikum übertragen würde.

Die Männer betrachteten mich mit gespanntem Interesse. Mein Begleiter führte mich nach vorn an den Rand der Bühne, wo ich stehen blieb. Zu meinen Füßen erkannte ich den kleinen Raum, in dem Platz für die Souffleuse war. Das Licht änderte sich. Plötzlich war zu meinen Füßen nur noch Schwärze. Nur mein nackter Körper befand sich nun in der Helligkeit.

Mein Begleiter stand noch immer hinter mir und ich spürte, wie sich meine Nippel aufrichteten. Die Spannung, die aus der Dunkelheit zu mir förmlich heraufgekrochen war, umgab mich mittlerweile wie ein Kokon und sie wurde nicht gerade durch die Tatsache gemildert, dass er tatenlos hinter mir stand und nichts weiter machte, als meine Fessel zu halten.

Sie steigerte sich sogar noch und zwar derart, dass ich mir bald wünschte, er würde sich wenigstens irgendwie bewegen. In meinem Unterleib begann es zu pulsieren und eine merkwürdig warme Lustwoge stieg in mir auf. Nur so zu stehen, den Blicken des Publikums schamlos ausgesetzt, ließ meine Säfte fließen.

»Bist du nass?«, fragte er. Und wenn er auch nicht laut sprach, so musste man seine Worte doch bis in die letzte Reihe hören können.

Da ich nicht wusste, was erwartete wurde, schwieg ich.

Im gleichen Moment glitt seine Hand suchend zwischen meine Schamlippen. Ich öffnete meine Beine instinktiv und ließ seine Finger in mein Loch eintauchen. Er fingerte mich kurz und intensivierte so noch meine Feuchtigkeit.

Leises Stöhnen aus der Dunkelheit, als er seine Hand wieder hervorzog, in die Luft hielt und erklärte: »Sie ist tropfnass!«

Ich konnte meine Blicke nicht vom Glanz seiner emporgereckten Finger lösen. Selbst dann nicht, als sie sich meinem Gesicht näherten und zwischen meine Lippen gedrückt wurden.

»Leck deinen Saft ab!«, kommandierte er, und schon erfüllte ein warmer, erdiger Geschmack meinen Mund.

»So ist's gut. Mach sie schön sauber!«

Gerade hatte ich meine Aufgabe erfüllt und der Geschmack schmolz in meinem Mund, als sich seine Hände unter meinen Achseln durchschoben und auf meine Brüste legten. Er knetete meine weichen Hügel und drückte dabei meine Nippel zwischen den Fingern. Ein spitzer Schmerz fuhr direkt in meine Möse. Ich stöhnte auf und konnte kaum dem Drang widerstehen, zwischen meine Schamlippen zu fassen. Meine Hände zuckten in ihren Fesseln und vermochten doch nicht, sie zu lösen.

Als er dann auch noch eine Hand von meiner Titte löste und mit ihr meine Klit zu bearbeiten begann, kannte ich nur noch die Gier danach, hart und schnell gefickt zu werden. Ich legte meinen Kopf zurück, lehnte ihn gegen seine Schulter, während er mich beständig intensiver wichste. Hitze ballte sich in meinem Unterleib zusammen und mir war klar, dass ich nicht mehr lange durchhalten würde. Der heftige Atem, das Rascheln von Stoff und das Schmatzen von harten Schwänzen aus der Dunkelheit zu meinen Füßen taten ihr Übriges dazu, dass ich mich im nächsten Moment wild in seinen Armen wand.

Er hatte Mühe, mich aufrechtzuhalten und als er sich nicht mehr anders zu helfen wusste, wohl leicht betäubt von meinen wilden Schreien, zerrte er ungestüm an meinen Fesseln.

Es brauchte eine Weile, doch dann kam ich wieder zur Besinnung. Ich schluckte hart und stellte mich wieder gerade hin.

»Ich werde jetzt untersuchen, wieso diese Frau derart ausläuft«, erklärte er mit der Stimme eines Professors vor seinen Studenten. Er führte mich zu dem Gynäkologenstuhl, löste meine Fesseln und platzierte mich auf dem kalten Kunstleder.

Nachdem er meine Gelenke befreit hatte, schob er seine Hände unter meine Pobacken und zog mich weit nach vorn. Dann hob er meine Beine und befestigte sie mit breiten, ledernen Riemen auf den dafür vorgesehenen gepolsterten Flächen. Meine Hände hingegen führte er über meinen Kopf und fesselte sie dort. So lag ich mit weit gespreizten Beinen, weit geöffneter Auster und dargelegter Rosette allen Blicken schutzlos preisgegeben und hilflos auf dem Stuhl.

Jetzt, da die kühle Luft meine Nässe erfasste, hatte ich wirklich nur noch den Wunsch nach einem dicken, harten Schwanz, und hoffte, mein Begleiter würde mir den seinen geben. Aber er stellte sich nur dicht neben mich und spreizte meine Möse mit beiden Händen.

Heftiges Schnaufen aus dem Dunkel war die Reaktion. Irgendwo spritzte einer ab, denn ich hörte ihn laut ächzen.

Es geilte mich maßlos auf, so hilflos zur Schau gestellt zu werden und die Männer dort unten so zu erregen. Mein Gehör schien über die Maßen geschärft, denn ich konnte die

Geräusche der Vorhäute deutlich hören, die heftig vor und zurück geschoben wurden.

»Wir haben es hier mit einer außergewöhnlich schönen Fotze zu tun, meine Herrn. Bitte beachten Sie besonders die dick geschwollenen Schamlippen und die noch immer austretenden Säfte.« Abrupt stieß er seine Finger in mein Loch, was mich laut aufschreien ließ.

Es floss mittlerweile so intensiv, dass meine Feuchtigkeit sogar meine Rosette überzog.

»Ich werde nun sehen, wie weit sich diese Fotze dehnen lässt …« Als er einen unterarmdicken Dildo hinter dem Stuhl hervorholte, konnte ich mich kaum noch beherrschen. Von Lust gepeitscht, wand ich mich auf meinem Sitz. Und als die faustdicke Eichel angesetzt wurde, konnte ich nur noch hecheln. Das Gefühl, wie das mächtige Gerät sich in meinen Unterleib drückte, war unbeschreiblich. Das Ächzen der Männer verschmolz miteinander und wogte zu mir empor.

Als mein Begleiter mich mit dem Monster-Schwanz zu ficken begann, verlor ich jegliche Kontrolle. Ich vergaß alles um mich herum. Getragen von den Lauten des Publikums schrie und stöhnte ich ohne jede Hemmung. Er stieß den Prügel so tief in mich hinein, dass ich in einem düsteren Teil meines Verstandes dachte, er würde mich zerfetzen. Mühsam versuchte ich, meinen Unterleib seinen Bewegungen anzupassen und vermochte es doch nicht. Ich hatte jede Kontrolle über meinen Körper verloren.

»Und jetzt den Arsch!«, verkündete jemand.

Fassungslos vor Schreck, glaubte ich, jeden Moment kollabieren zu müssen. Ich begann, um Gnade zu flehen und wusste doch, dass ich log. Sehnte mich verzweifelt danach, in allen Löchern benutzt zu werden. An die Grenzen meiner

Belastbarkeit geführt, mich einem ultimativen Lustgefühl hingeben zu dürfen.

Er musste wohl ein Gleitmittel verwendet haben, denn es war nur ein heftiger Druck in meinem Hintern, der mir – ohne jeden Schmerz – anzeigte, dass auch mein Anus penetriert wurde. Mittlerweile rieben meine Pobacken in einer kleinen Pfütze aus Mösensaft, der ungehindert aus mir herausströmte.

Eine unglaubliche Erschöpfung machte sich in mir breit und ich war mir sicher, dass ich diese Behandlung nicht mehr lange durchstehen würde. Mit den beiden Dildos dehnte und bearbeitete er meine Löcher, dass meine Stimme bald heiser vom Schreien war. Er stieß sie so weit in mich hinein, dass ein dumpfes Pochen in meinem Unterleib entstand.

Ich weiß nicht, wann und warum er zu ficken aufhörte. Ich weiß nur, dass er mit einem Ruck beide Geräte aus mir herauszog und ich das Gefühl hatte, als falle mein Körper in sich zusammen. Ein Vorhang, den ich zuvor nicht bemerkt hatte, zog sich zwischen uns und dem Publikum zusammen und mein Begleiter löste meine Fesseln. Allerdings war ich so erschöpft, dass ich nicht mal meine Beine von den Auflagen heben konnte.

»Soll ich Ihnen helfen, Miss Hunter?« Es war eine rhetorische Frage, denn er hatte natürlich längst gesehen, dass ich am Ende meiner Kräfte war.

Meine Hand- und Fußgelenke waren stark gerötet und meine Knie weich wie Pudding. Tatsächlich musste er mich den ganzen Weg zurück in die Garderobe stützen und sogar noch behilflich sein, als ich mich dort auf den Stuhl sinken ließ.

»War es Ihnen angenehm, Miss Hunter?« Der servile Ton irritierte mich, doch ich ließ es mir nicht anmerken.

»Ja. Danke.«

So tumb diese Worte auch klingen mochten – mehr bekam ich nicht zustande. Nur langsam hatte ich mich wieder so gefangen, dass ich mich mit noch immer bebenden Händen anziehen konnte.

***

»Es war beeindruckend«, sagte mein Begleiter mit einer winzigen Verbeugung, als er mich wieder in der Halle abgeliefert hatte.

Durch die trüben Gläser der Eingangstür erkannte ich Danny, der an einen der leeren Schaukästen gelehnt auf mich wartete. Er rauchte. Das sah ich zum ersten Mal.

Selten zuvor war ich so glücklich, dass ich wieder im Fond der Limousine saß, wie in diesem Moment totaler Erschöpfung.

***

Zu Hause angekommen, konnte ich nicht mal mehr unter die Dusche, sondern legte mich direkt ins Bett und schlief ein. Es war ein tiefer, traumdurchzogener Schlaf.

22. Sex oder Liebe

Ich gebe zu, dass ich ein Mensch war, der Überraschungen nicht besonders schätzt. Von meinen Jobs abgesehen, hatte ich gern alle Eventualitäten im Blick und wenn ich nachdachte, wurde mir immer klarer, dass die einzigen Personen in meinem Umfeld, die mir immer wieder unliebsame Überraschungen bescherten, Derek und George waren. Da sich Letzterer immer rarer gemacht hatte, blieb nur noch Derek. Und so kam sein Anruf an jenem späten Nachmittag wie aus heiterem Himmel.

»Ich bin's«, sagte er knapp.

Ich hörte an dem leicht verschwommenen Unterton in seiner Stimme, dass er nicht mehr ganz nüchtern war. Ich brauchte all meine Kraft, um nicht sofort aufzulegen. Da blieb nicht mehr viel für eine lange Reihe von höflichen Floskeln.

»Emma, ich muss mit dir reden …«

»Um was geht's?«

Er holte so tief Luft wie ein Tenor vor der großen Schlussarie. »Ich hab nachgedacht. Wir dürfen uns nicht mehr sehen.«

Verblüfft lauschte ich seinen Worten. Wann hatte *ich* ihn je aufgesucht? Er war doch immer zu mir gekommen. Und auch jetzt musste ihm klar sein, dass er nur seine Überfälle einstellen musste und schon wäre das Thema erledigt.

Aber wie *er* es sagte, klang es, als hätten wir ein Verhältnis … Da er schon wieder Luft holte, unterließ ich einen Kommentar.

»Laura hat was mitbekommen. Sie hat mich angesprochen, ob ich mich in Schwierigkeiten gebracht hätte.«

»Und was hast du ihr gesagt?«

»Ich habe sie beruhigt.«

»Gut.« Wieso wurde ich bei ihm so schnell einsilbig?

»Laura ist eine wundervolle Frau. Ein herzensguter Mensch. Sie ist immer um mich besorgt.«

Wollte er damit zum Ausdruck bringen, dass es mir an einem solchen Mitgefühl mangelte?

»Sie hat mich in meiner schwärzesten Zeit gerettet und dafür bin ich ihr unendlich dankbar.«

Wer ihn gerettet hatte, stellte ich an dieser Stelle lieber nicht zur Debatte …

»Weißt du, ich habe einen Riesenfehler gemacht, als ich … nun … als ich das bei *Delacro* …«

Um diesen »Fehler« hatte ich ihn wahrlich nicht gebeten.

»Ich werde mich nicht mehr bei dir melden. Ich werde das mit Laura nicht gefährden. Sie ist mein größtes Glück. Sie möchte Kinder haben und ich will ihr diesen Wunsch erfüllen.«

Meine Belastbarkeit kam an ihre Grenzen.

»Es ist doch so: Eine Frau wie Laura trifft man nur ein Mal in seinem Leben und das will ich nicht zerstören. Deswegen denke ich, so ist es besser für uns alle. Du wirst sicherlich auch einen solch wunderbaren Menschen treffen, der dich glücklich macht.« In diesem Moment konnte ich nicht mehr. Er hatte einen Tonfall angenommen, der zwischen John Wayne und Beichtvater schwankte. Das war mehr, als ich zu ertragen bereit war. Zorn stieg glühend wie Lava in mir auf. Meine Knie begannen so sehr zu zittern, dass ich mich neben den kleinen Tisch setzen musste, auf dem mein Telefon stand.

Wie konnte er es wagen, das, was zwischen uns gelaufen war, allein mir in die Schuhe zu schieben? Als hätte ich ihm nachgestellt. Und nun spielte er den ehrbaren Ehemann, den es wieder auf den Pfad der Tugend zurückdrängt. Weg von der Schlampe, die ihm den Verstand geraubt hat. Tausend sarkastische Erwiderungen tosten durch meinen Kopf. Ich versuchte, sie zu erhaschen, doch es misslang.

Und da legte ich auf.

Nein! Ich legte nicht auf – ich knallte den Hörer in die Station und hielt ihn dort niedergedrückt, bis meine Knöchel sich weiß färbten.

Als nur wenige Atemzüge später erneut ein Klingeln energisch gegen meinen Widerstand anrannte, zerrte ich das Kabel aus der Steckdose. Dann sprang ich auf und eilte quer durch die Wohnung, um mir mit unsicheren Händen eine Zigarette anzuzünden. Alles in mir war in Aufruhr. Plötzlich wollte ich schreien und weinen und alles gleichzeitig. Ein Schmerz, als habe mir jemand seine Faust in den Magen gerammt, ließ mich zuerst eine Hand gegen meinen Leib drücken, um im nächsten Moment auf die Knie zu sacken. Seine salbungsvollen

Worte vergessend, erinnerte ich mich nur noch seiner Ankündigung, mich nie mehr sehen zu wollen. Ich versuchte, mich an seine Worte zu erinnern, doch ich konnte es nicht. Selbst seine Stimme hatte keinen Platz mehr in meinem Gedächtnis.

Wie eine Lawine stürzten meine Gefühle über mir zusammen. Weinend presste ich mein Gesicht in das helle Leder der Couch und wunderte mich dabei selbst, dass ich jene Überheblichkeit schlagartig verloren hatte, die meine Gedanken noch während des Gesprächs mit ihm geleitet hatten. Als ich mein tränenverschmiertes Gesicht hob, wusste ich nur eines mit Sicherheit: Ich liebte Derek!

Ich liebte ihn, wie ich nie zuvor einen anderen Mann geliebt hatte. Egal, was er mir angetan hatte, wie er mich behandelt hatte … Ich liebte ihn.

Und es erschien mir wie schwärzester Hohn, dass ich ihn gerade in jenem Moment verloren hatte, da ich mir über diese Gefühle klargeworden war.

Aber vielleicht hatte es ja auch seines hilflos einstudierten Monologs bedurft, um mir dieser Tatsache bewusst zu werden. Als hätten seine Worte eine Tür zu meinem Herzen aufgerissen, die ich vielleicht nie mehr würde schließen können. Das, was ich bis zu diesem Zeitpunkt für eine rein sexuelle Anziehungskraft gehalten hatte, war offensichtlich so viel mehr. Das, was ich über all die Monate standhaft negiert hatte, fiel nun mit Macht auf mich herab und drohte, mich zu zermalmen.

»Streich ihn! Merz ihn aus!«, schrie es in mir. Doch ich wusste, dass keines meiner gewöhnlichen Gegenmittel dazu ausreichen würde. Kein Sex. Kein anderer Mann. Keine Reise. Keine Agentur. Mit einem Schlag sah ich mich auf meine reinen Gefühle zurückgeworfen.

Und ich wusste nicht, was ich tun sollte.

23. ESCORTSERVICE

Georges Kanzlei hatte noch immer jenen geheimnisvollen Charme alten Reichtums aus dicken Teppichen und historischen Stichen an den Wänden. Dunkle antike Möbel bargen modernste Bürotechnik und selbst die Vorzimmerdame ähnelte mehr einem weiblichen Mitglied der High Society, als einer schlichten Angestellten.

Ich kam nur noch selten hierher, denn es gab so gut wie keinen Anlass, zu dem ich mich hätte einfinden müssen. Meine Aufträge kamen seit jeher entweder von George direkt oder per Telefon von seiner Sekretärin.

An diesem Tag aber musste ich ihn aufsuchen und ich tat es mit einem Magengrimmen, das nicht mal mit jenem meines Vorstellungsgesprächs damals zu vergleichen war.

Ich war nämlich entschlossen, George mitzuteilen, dass ich einen Escort-Service gegründet hatte und meine Zeit in seinen Diensten sich ihrem Ende entgegenneigte.

Da ich ihn aber selbst nach all unserer gemeinsamen Zeit nicht wirklich einschätzen konnte in seinen Reaktionen, machte ich mich innerlich auf alles gefasst.

Als die schwere Tür hinter mir ins Schloss gefallen war und ich mich in dem langen, beinahe düsteren Flur wiederfand, den Empfangstisch zu meiner Linken und Georges Büro zu meiner Rechten, wurde mir derart mulmig, dass ich am liebsten sofort umgekehrt wäre. Zu frisch waren mit einem Mal all jene Erinnerungen an meinen ersten, und vor allem auch an meinen zweiten Besuch in diesen Räumen, als dass ich auch nur einigermaßen locker an dieses Gespräch hätte herangehen können.

Die einzige Veränderung, die mir auffiel, war ein Namensschild, das vor der Empfangsdame prangte, das sie als »Miss Blooms« kennzeichnete. Selbst das üppige, intensiv duftende Liliengesteck war noch da.

Obwohl Miss Blooms und ich uns nie gesehen hatten, begrüßte sie mich mit den Worten: »Guten Tag, Miss Hunter. Mister McLeod erwartet Sie bereits.«

Sie erhob sich gravitätisch und ging vor mir her zu seiner Tür. Groß, dunkel, aus massivem Holz mit einer verschnörkelten Klinke. Miss Blooms öffnete sie, blieb aber stehen und sagte nur mit gedämpfter Stimme: »Miss Hunter wäre dann jetzt da, Mister McLeod.«

Seine Antwort konnte ich nicht hören, aber der Umstand, dass sie zur Seite trat und mir den Weg ins Heiligtum der Kanzlei freigab, erübrigte jedes weitere Wort.

George saß an seinem mächtigen Schreibtisch vor den durch schwere Vorhänge abgedunkelten Fenstern. Er schien das Höhlenartige seines Büros noch immer zu schätzen und so verschwand jene Sitzgruppe, wo wir uns zum ersten Mal geliebt hatten, im Halbdunkel zu meiner Linken. Als habe er mich jetzt erst bemerkt, stand er auf und kam auf mich zu. Seine Miene ließ keinerlei Rückschlüsse auf seine Gedanken zu. Das silberne in Wellen liegende Haar schimmerte im matten Licht seiner Schreibtischlampe und seine vollen, ausdrucksstarken Lippen formten ein freundliches: »Wie geht es dir so?«

»Danke. Ich kann nicht klagen.«

Seine Hand sanft gegen meinen Ellenbogen gelegt und die andere in Richtung der Sitzgruppe ausgestreckt, sagte er in verbindlichem Ton: »Nun? Was führt dich zu mir?«

Ich saß noch nicht richtig, als er auch schon zu dem Tisch mit den Getränken weiterwanderte. »Kann ich dir etwas anbieten?«

Ich war versucht »Sherry« zu sagen, doch brachte ich es nicht über die Lippen. Zu lebendig waren die Erinnerungen.

»Einen Kaffee, wenn das möglich wäre …«

Er nickte, ging zur Tür und rief, altmodisch seine Gegensprechanlage ignorierend: »Zwei Kaffee bitte, Miss Bloom.«

Dann setzte er sich zu mir, wobei er den Knopf seines Jacketts öffnete und mir so zu verstehen gab, dass es sich um ein legeres, halb privates Gespräch handeln würde. Wie immer: George McLeod gab die Marschrichtung vor!

»Nun? Was gibt es?«

Ich wartete mit meiner Antwort, bis Miss Bloom die Tassen abgestellt hatte und wieder verschwunden war. Zu Hause und auf dem Weg in die Kanzlei hatte ich mir noch jedes Wort zurecht gelegt, aber jetzt fiel mir keins mehr davon ein. Mein Mund war ausgetrocknet und auch der Kaffee nutzte nicht wirklich. Aber irgendwo musste ich anfangen, und so verließ ich mich darauf, dass mir beim Reden die Worte einfallen würden. »George, ich bin hergekommen, weil ich dir etwas mitzuteilen habe.«

Ich wartete auf eine Reaktion, doch er sah mich nur höflich interessiert an und schwieg.

»Also … ich habe ja jetzt eine lange Zeit für dich gearbeitet. Und es war eine großartige Zeit, für die ich dir wirklich dankbar bin …« Ich rührte intensiv in meinem schwarzen Kaffee. »Aber ich will mich selbständig machen. Ich habe einen Escort-Service gegründet …«

Jetzt musste er einfach reagieren. Seine rechte Braue wanderte hoch und er sagte ruhig: »Du willst mir Konkurrenz machen?«

Ich kannte ihn gut genug, um hinter seiner freundlichen Gelassenheit die Ruhe des Wolfs auf der Jagd zu erkennen.

»Keine Konkurrenz, George. Ich werde dir nicht ins Handwerk

pfuschen.« Was eine glatte Lüge war. Und wir wussten es beide.

Er griff nach den Zigaretten, die vor ihm auf dem Tisch lagen, bot mir eine an und begann zu rauchen. »Gut. Es war ja klar, dass unsere Zusammenarbeit nicht ewig dauern würde. Du wirst nicht jünger …«

Diese Spitze, fand ich, hätte er sich verkneifen können.

»Ich kann dich durchaus verstehen. Und ich wünsche dir wirklich alles Gute für dein Unternehmen. Wobei ich äußerst zuversichtlich bin, dass der Service wunderbar laufen wird.«

Es ist eine Falle!, jaulte es in meinem Kopf. Nie im Leben würde er mich so anstandslos ziehen lassen. Unmöglich. Alle meine Sinne waren geschärft. Meine Gedanken auf jedes seiner Worte, jede winzigste Änderung seiner Mimik oder Gestik konzentriert.

»Vielleicht, wenn es dir nicht unpassend erscheint, könnte ich ja auch das ein oder andere Mal eines deiner Mädchen für einen Klienten engagieren … Ich vertraue da ganz auf deine Fähigkeiten und deinen guten Geschmack.«

Ich schwieg, denn ich hatte beim Besten gelernt: George McLeod! Solange die Gegenseite nicht alle Waffen gezeigt hatte, durfte man niemals aus der Deckung kommen.

»Wie weit bist du mit der Organisation?«

»Praktisch fertig.«

»Du hast auch schon Mädchen?«

»Ja.«

Er beugte sich vor, tippte die Asche in den Aschenbecher und sah mich dabei lächelnd an. »Du bist heute recht einsilbig …«

Der Wolf bleckte die Zähne.

»Ja? Findest du?«

»Du wirst in London tätig sein?«, setzte er die Konversation ruhig fort. Es klang nach einem ganz normalen Gespräch unter Bekannten …

»Nun ja … wo die Kunden halt so herkommen. Im Prinzip aber im ganzen Land.«

Er lehnte sich zurück, machte eine Bewegung, als wollte er sich strecken und nahm dann einen tiefen Lungenzug.

»Die Gründung des Escort-Services hat aber nichts mit Derek zu tun, oder?«

Der Kaffee brannte in meinem Mund und trieb Tränen in meine Augen.

»Nein. Natürlich nicht … Wie kommst du darauf?«

»Och, ich dachte nur. Nach all dem Hin und Her mit euch beiden.«

Wieso klangen seine Worte so, als habe es eine richtige Beziehung zwischen Derek und mir gegeben?

»Nein. Es hat nichts mit ihm zu tun. Ich will auf eigenen Füßen stehen und nicht den Rest meiner Tage als Nutte arbeiten.«

»Du willst also seriös werden? Oder zumindest teil-seriös …«

»Wirst du mich gehen lassen?«

»Bist du meine Sklavin?«, stellte er die Gegenfrage. »Natürlich kannst du gehen. Du bist ein freier Mensch und ich lege dir nichts in den Weg. Im Gegenteil. Damit du siehst, dass ich einverstanden bin mit deinen Plänen, garantiere ich dir für das nächste halbe Jahr, dass all deine Kunden aus meiner Kanzlei kommen werden. Nenn es ein … Eröffnungsgeschenk.«

Ich nannte es … eine Falle!

»George, das ist natürlich wahnsinnig großzügig von dir. Aber ich will auf eigenen Füßen stehen. Nicht an deinem Tropf hängen.«

»Du lehnst ab?« Der lauernde, ja drohende Tonfall war nicht mehr zu überhören. Der Wolf zeigte seine Fänge.

»Es tut mir leid …«

Er holte tief Luft. »Gut. Ich akzeptiere das. Aber ich habe eine Bedingung …«

Ich hielt die Luft an. »Die wäre?«

»Verschwinde endgültig aus London. Verkaufe das Apartment und siedel dich irgendwo anders an.«

»Wieso?«

Wir näherten uns dem Kern der Sache.

»Ich will, dass du deine Finger von Derek lässt. Du musst so weit weg von ihm gehen, wie nur irgend möglich, ohne einen Skandal zu verursachen. Zwischen Laura und ihn darf kein Blatt Papier mehr passen. Wenn er mit einer Hure durchbrennen sollte, würde mich der Skandal ruinieren.«

DAS war es! Jetzt hatte er es ausgesprochen. Fassungslos starrte ich ihn an. Nicht wegen seiner beleidigenden Worte, sondern vielmehr, weil ich ihn noch nie so offen hatte sprechen hören. Seine Egomanie so schamlos zur Schau stellend.

»Dazu wird es nicht kommen. Er hat mich angerufen und mir unmissverständlich klargemacht, dass er seine Ehe retten will.«

Ich zuckte zusammen, als er mit einem hervorgestoßenen »Ach, komm!« aufsprang und mit funkelnden Augen auf mich niederstarrte. »Du weißt so gut wie ich, dass das blödsinniges Gequatsche ist. Emma Hunter, du bist ein gottverfluchtes Gift in seinem Hirn!«

George sah aus, als würde er jeden Moment zuschlagen. Er verlor die Beherrschung. George McLeod verlor die Beherrschung!

»Dieser schwanzgesteuerte Vollidiot würde dir barfuß in die Hölle folgen, wenn du es von ihm verlangen solltest! Meinst du nicht, Laura wäre nicht bei mir gewesen und hätte mir alles erzählt? Das arme Mädchen hat keine Ahnung, was wirklich läuft. Denkt, er hätte wieder irgendwelche politischen Spiele vor … Verdammt!« Mit weit ausholenden Schritten marschierte er auf und ab.

So hatte ich ihn noch nie zuvor erlebt.

»Was ist, wenn er sie verlässt?« Dass es die falsche Frage war, wusste ich, noch ehe ich den Mund wieder geschlossen hatte.

George blieb abrupt stehen und starrte mich an. »Ich hatte gedacht, du hättest verstanden, was ich dir gesagt habe. Du zerstörst sein Leben, das von Laura und meine Kanzlei! Aber darauf pfeifst du. Du hast Derek von dir abhängig gemacht. Jetzt zappelt er wie die Fliege im Spinnennetz …«

Ich musste dringend zurückrudern. »George! Nicht *ich* habe es auf ihn angelegt – *Er* hat *mich* verfolgt! Ich will seine Ehe nicht zerstören. Nichts liegt mir ferner.«

Der Marsch, den er wieder aufgenommen hatte, endete abrupt. Eisige Blicke trafen mich, hielten mich in ihrem tief-blauen Bann.

»Liebst du ihn?«

»Ja.« Kein Nachdenken. Nicht einmal vorgespieltes Zögern. Nichts. Gerade heraus.

»Willst du ihn?«

Ich senkte den Kopf. »Nicht um jeden Preis.«

Er nickte knapp und setzte sich, auch wenn ich ihm ansah, dass die Anspannung keineswegs nachgelassen hatte.

»Geh weg aus Großbritannien. Ich gebe dir das Startgeld, das du brauchst. Du bekommst eine schwarze Karte. Kein Kreditlimit. Du kannst damit tun und lassen, was du willst. Ich stelle dir keine Fragen. Ich will nur, dass nicht mal dein Schatten in diesem Land zurückbleibt. Ich werde dieses Spin-nennetz zerreißen und versuchen, zu retten, was zu retten ist.«

Er versuchte, mich zu kaufen! Das einzige Mittel, das George

McLeod kannte, außer Sex, wenn es galt, einen Menschen nachhaltig zu manipulieren.

Wortlos erhob ich mich, zog meinen Mantel an und legte den Riemen meiner Tasche über meine Schulter.

»Du gehst?«

»Es gibt nichts mehr zu sagen.«

Er nickte und führte mich in den Flur.

»Miss Bloom … wären Sie bitte so freundlich und würden einen Antrag auf eine schwarze Kreditkarte für Miss Hunter fertigmachen. Sie wird gleich unterschreiben. Ich danke Ihnen.« Damit gab er mir einen angedeuteten Kuss auf die Wange und verschwand, ohne mir auch nur den Hauch einer Gelegenheit zu geben, etwas richtigzustellen.

Miss Bloom aber hatte sich bereits an die Arbeit gemacht und füllte eifrig den Antrag aus.

»Ich bräuchte dann noch ein paar Daten von Ihnen, Miss Hunter.« Ihre zuvor so freundliche Stimme hatte den Klang von Eiswürfeln in einem Martiniglas angenommen.

Ich beugte mich zu ihr herab und sagte: »Zerreißen Sie diesen Scheiß!«

»Bitte?« Große Augen ruhten verwundert auf mir.

»Ich sagte: Zerreißen – Sie – diesen – Scheiß! Ich pfeife auf seine Kreditkarte!«

»Wieso?« Es kam aus verblüfftem Herzen.

»Weil ich mich nicht von George McLeod dafür bezahlen lasse, dass ich mich verziehe!«

Jetzt war eh alles egal. Wenn ich schon heldenmütig auf ein Vermögen verzichtete, durfte ich wenigstens eine Zuschauerin für meine Aktion verlangen.

»Ich fürchte, ich verstehe nicht …«

»Er will mir Geld geben, damit ich seinem Sohn bei seinem

Glück nicht länger im Weg stehe. Aber das hatte ich sowieso nicht vor. Dazu liebe ich Derek viel zu sehr!«

Ein kleines Lächeln umspielte ihre Lippen, als sie den Antrag durchriss und in den Papierkorb segeln ließ. »Glauben Sie mir, Miss Hunter, eine solche Haltung erlebe ich hier außergewöhnlich selten. Darf ich Ihnen eine Tasse Tee anbieten?«

Lächelnd akzeptierte ich ihre Einladung und wir setzten uns in ein gemütliches Pausenzimmer. Gedankenverloren rührte Miss Bloom in ihrem Earl Grey-Tee.

»Sie ahnen nicht, was hier los ist, seit Derek seinen Kopf verloren hat. Es geht ihm sehr schlecht.« Sie hob ihr Gesicht und sah mich direkt an. »Wissen Sie, Mr McLeod ist sicher kein guter Vater, aber er hat keine andere Möglichkeit, Derek zu helfen, als auf diese Weise. Natürlich hat er Angst um seine Reputation, dass seine Klienten abspringen könnten. Aber ich denke doch auch, er liebt seinen Sohn. Nur eben auf die George McLeod-Art.«

»Laura ist ein wunderbarer Mensch …«, sprach ich meine Gedanken laut aus und suchte doch nur ein Ventil für meinen Schmerz und meine Angst.

»Ja. Ja, das ist sie. Sie war Dereks Rettungsanker …«

Etwas an der Art, wie sie die Sätze betonte, ließ mich auf Weiteres warten. Es war ein Aber-Satz.

»Wissen Sie, wie oft Derek mit mir hier gesessen hat? Genau da, wo Sie jetzt sitzen? Wenn es da drin mal wieder geknallt hatte?« Sie deutete mit ihrem sorgfältig zurechtgemachten Kopf in Richtung von Georges Zimmer.

»Derek liebt Sie, Miss Hunter. Aber er fühlt sich Laura verpflichtet. Und aus dieser Zwickmühle kommt er nicht raus. Helfen Sie ihm dabei!«

Ein tonnenschwerer Stein legte sich auf mein Herz. Ich

musste die Augen schließen, um nicht von ihm erdrückt zu werden.

»Ich würde ja gern …«, hob ich hilflos an.

»Gehen Sie weg aus London. Weg aus England. Lassen Sie ihn sein Leben wieder auf die Reihe bekommen. Mr McLeod hat recht. Nur sind seine Methoden wenig hilfreich. Er appelliert an den Verstand und den Geldbeutel, wo er an das Herz appellieren sollte.«

Ich schob die Tasse ein Stück von mir weg und stand auf. »Haben Sie vielen Dank für den Tee, Miss Bloom.«

»Gern.«

Sie folgte mir bis an die Haustür.

Als ich auf der Straße stand, vermochte ich kaum noch, einen Fuß vor den anderen zu setzen.

Ich gab auf, senkte die Waffen und ergab mich. George McLeod hatte gesiegt. Laura McLeod hatte gesiegt. Ich würde mich still zurückziehen und den Weg freimachen. Zu tief waren meine Gefühle für Derek, als dass ich ihm derart hätte schaden können.

Also beschloss ich, meine Liebe zu ihm, die ich viel zu spät erkannt hatte, zu nehmen, sie tief in mein Herz zu senken und den Zugang dorthin für immer zu versperren.

24. Die beste Hure

Die Verkaufspapiere für das Apartment unterzeichnete ich an einem Freitag. Ich hatte Jane mitgeteilt, dass ich die Zentrale der Agentur nach Yorkshire verlegen würde. Nach Haworth, dem Ort, aus dem ich stammte. Ich würde zu meinen Wurzeln zurückkehren und in der Ruhe der Moore versuchen, mein inneres Gleichgewicht wiederzufinden. Ob ich die Dates der Frauen von hier aus oder von London aus organisierte, spielte im Zeitalter moderner Kommunikationsmittel keine Rolle. Ich bat sie lediglich, niemandem mitzuteilen, wo ich mich aufhalten würde, denn ich fürchtete, Derek könnte mich ausfindig machen.

Es würde wohl sehr lange dauern, bis unsere Gefühle füreinander, unsere Sehnsüchte, so verblasst waren, dass wir gefahrlos würden aufeinandertreffen können.

Als ich jene schwarz gestrichene Tür das letzte Mal hinter mir schloss, die Stufen auf den Parkplatz hinabging, presste ich meine Hand flach gegen meinen Magen und schluckte meine heißen Tränen. Die Leere in mir war gewaltiger, als ich in meinen schlimmsten Albträumen befürchtet hatte. Und der Schmerz fand mehr als genug Raum, um sich dort auszubreiten.

Es gab nur noch einen letzten Termin zu erfüllen. Ein letztes Mal in Dannys wartende Limousine zu steigen. Mit einem Herzen, das bleischwer in meiner Brust lag, ließ ich mich zum *Savoy* fahren.

***

George, in einem merkwürdigen Anfall von Zufriedenheit, hatte mich förmlich dazu genötigt, an einer Art Abschiedsfeier für mich teilzunehmen.

Er hatte sie als Feier für eine ausscheidende Mitarbeiterin deklariert und alle möglichen mir bekannten und unbekannten Personen dazu eingeladen. Es war mir, weiß Gott, alles andere als angenehm, zu dieser Party zu gehen, doch ich hatte mich gezwungen gesehen, nachdem ich sein »Angebot« abgelehnt hatte, einen Beweis meiner Loyalität zu liefern. Allein schon, um ihn nicht noch mehr zu reizen, als ich es bereits getan hatte.

Ich hatte zu dem Anlass ein flaschengrünes, ärmelloses Cocktailkleid gewählt, zu dem ich den passenden Mantel mit dreiviertellangen Ärmeln trug. Den einzigen Schmuck bildete eine dreireihige Perlenkette. Dazu eine schwarze Lack-Clutch und Highheels.

Ich holte tief Luft, als ich vor dem *Savoy* ausstieg und mir der livrierte Diener die gläserne Tür öffnete.

All meine Beherrschung zusammennehmend, ließ ich mich zu den für die Feier reservierten Räumen begleiten. Noch an der Tür wäre ich am liebsten wie ein kleines Mädchen davongerannt. Wohl tausend Mal fragte ich mich selbst, wieso ich diese vollkommen idiotische Party überhaupt akzeptiert hatte.

Welche Befürchtungen ich aber auch immer hegte, George machte sie bei meinem Eintreten zunichte, indem er, vor Freude strahlend, auf mich zugeeilt kam, meinen Arm ergriff und mich in die Runde zog.

Es waren wohl an die zweihundert Personen versammelt, von denen ich nur einen Bruchteil kannte. Die meisten aus der Zeitung, wie ich verblüfft feststellte. Auch Miss Bloom war anwesend. Dazu der eine oder andere Kunde, wie Richard Abershire, der Mann, der mir meinen Start als Hure sehr angenehm gestaltet hatte.

George schaffte es, mich vorzustellen und dabei die Natur meiner Arbeit für seine Kanzlei mit keinem Wort zu erwähnen.

Eine kleine Band hatte am Ende des Raumes Platz genommen und spielte dezente Melodien. Es gab ein gewaltiges kaltes und warmes Büffet, das von in weißer Tracht gekleideten Köchen unterhalten wurde. Alle schienen sich blendend zu amüsieren. Nur ich selbst fühlte mich, als seien Körper und Geist in dicke Watte gepackt worden. Vielleicht meine einzige Möglichkeit, die Situation zu überstehen. Den einzigen Spalt in dieser Hülle aber bildeten meine Augen, die nach einem bestimmten Mann Ausschau hielten, der mit Sicherheit nicht eingeladen worden war. Der Einzige, von dem ich mich nicht verabschieden können würde.

Dass George seine Hand nicht von meinem Rücken nahm, war ein Signal an mich, dass ich ihm gehörte. Dass er mir keine Gelegenheit geben würde, auch nur einen falschen Schritt zu tun. Er würde mich den ganzen Abend unter strikter Beobachtung halten.

Wir gingen beide über brüchiges Eis und es knirschte unter unseren Füßen. Aber genau dieser Boden war es, der einen George McLeod beflügelte. Ja, er brillierte. Führte mich umher, plauderte, lachte, gab Anekdoten aus seinem Anwaltsdasein zum Besten und war ein perfekter Gastgeber. Eloquent. Charmant. Witzig.

Ich hatte genug Erfahrungen mit solchen Anlässen, um zu sehen, dass die Feier ein voller Erfolg war. Bald drängten sich alle um das Büffet, das eine oder andere Paar tanzte. Man unterhielt sich bestens. Doch genau deswegen hätte mir klar sein müssen, dass etwas geschehen würde. Etwas Unvorhergesehenes. Katastrophales.

Niemand forderte sein Schicksal so kaltschnäuzig heraus, ohne dass es Konsequenzen hatte. Nicht einmal ein George McLeod.

Gerade hatte er mir ein Glas Champagner gereicht, als mein Blick auf Miss Bloom fiel. Sie stand mir schräg gegenüber und blickte zu eben jener Tür, durch die ich zuvor eingetreten war. Ihr Gesichtsausdruck war starr, sie schien nicht mehr zu hören, was die Dame neben ihr sagte, die Augen geradeaus, das Gesicht bleich, als habe sie einen Geist gesehen.

Bis ins Mark alarmiert, folgte ich ihren Blicken. Die Tür stand weit offen und der funkelnde Schein des Kronleuchters fiel auf … Derek!

Mein Atem stockte und meine Beine drohten nachzugeben. George, wie immer mit einem feinen Gespür für eine veränderte Atmosphäre, drückte mir mein Glas in die Hand und steuerte entschlossen auf seinen Sohn zu.

Miss Bloom und ich schienen außer dem Gastgeber die einzigen zu sein, die sich um den ungebetenen Gast scherten. Jetzt flogen ihre Blicke zwischen mir und den beiden McLeod-Männern hin und her. Sie schien unsicher, ob von mir Rettung zu erwarten war oder Eskalation.

George sprach intensiv auf Derek ein. Dieser aber reagierte nicht. Stand nur da und blickte förmlich durch seinen Vater hindurch.

Mein Herz schlug bis in meinen Hals. Mein Gesicht glühte wie bei einem heftigen Fieberanfall. Ich betete, dass George ihn überzeugen konnte, zu gehen.

Doch plötzlich drängte Derek sich an seinem Vater vorbei und steuerte direkt auf mich zu. Sein Gesichtsausdruck war kalt.

»Leider wurde ich nicht eingeladen«, sagte er ruhig. »Man muss mich wohl auf der Liste vergessen haben.«

Miss Bloom, in der irrigen Hoffnung, noch etwas retten zu können, war hinzugetreten und sah ihn beinahe flehentlich an. So traf Dereks vernichtender Blick sie vollkommen schutzlos.

»Es tut mir leid, Mr McLeod. Aber ihr Vater hat nur …«

Derek löste sich von ihr und ließ sie somit augenblicklich verstummen. Wie von tiefem Ekel erfüllt, blickte er auf mich herab.

»Ich wollte auch Lebewohl sagen …« Augen so tief, so von Schmerz erfüllt, wie ich es selten gesehen hatte, bohrten sich in mich hinein. Gruben tief in meine Brust, auf der Suche nach etwas, das man Rache hätte nennen können. » … zur besten Hure meines Vaters!« Er schrie die Worte beinahe und augenblicklich herrschte Totenstille.

Alle Aufmerksamkeit lag auf ihm. Niemand im Saal, der ihn nicht gekannt hätte.

»Zuerst …«, sein Kopf bewegte sich so, dass jeder ihn verstehen konnte. »… ließ sie sich dafür bezahlen, mich zu vögeln. Und jetzt … lässt sie sich dafür bezahlen, zu verschwinden.«

Stumm nach Hilfe schreiend, sah ich zu George hin. Doch der stand wie versteinert. Gegen diese Attacke war er machtlos.

»Ja! Haben Sie das nicht gewusst? Wir verabschieden heute Abend eine Nutte. Aber nicht etwa irgendeine Nutte … Nein! Wir verabschieden die Beste!«

Meine Kiefer mahlten. Ich spürte meinen Körper nicht mehr.

»Wahrhaftig. Sie hat meinem Vater treu gedient. Und das nicht nur in seinem eigenen Bett. Sondern in vielen Betten. Mit wie vielen der hier anwesenden Herren hat sie es denn getrieben? Sollen wir mal durchzählen, wer ihre Gunst genossen hat, außer meinem Vater und mir?«

Die Ersten verließen den Raum. Empörtes Gemurmel erhob sich. In meiner Nähe hörte ich einen Mann erregt erklären: »Liebling, ich bitte dich … Ich kenne sie doch nicht mal!«

Es hätte mich amüsieren können, wäre ich nicht selber vernichtet worden.

»Aber das ist ja nicht schlimm. Die genannten Herren haben meinem Vater viel Geld eingebracht und mein Vater hat sich revanchiert. Da ist ja nichts dabei!«

Im Glorienschein seiner gelungenen Metzelei begab Derek sich zum Büffet, griff einen Teller und platzierte Lachs und Kaviar darauf. Seelenruhig, als habe er nicht gerade eine Bombe gezündet. Den gefüllten Teller in den Händen wandte er sich wieder seinem konsternierten Publikum zu.

»Sooo … Und nachdem jetzt alle Unklarheiten über die

Natur der Aufgabe von Miss Hunter beseitigt sind, wünsche ich Ihnen noch einen unterhaltsamen Abend.«

Dieser unterhaltsame Abend endete für Derek allerdings abrupt durch Richard Abershire. Der hatte sich entschlossen aus der Menge gelöst, ihn untergehakt und aus dem Raum gezogen.

Als die Tür hinter beiden ins Schloss fiel, kam auch George offensichtlich wieder zu Bewusstsein, dass soeben eine gewaltige Bombe unter seiner Kanzlei und ihm detoniert war.

Ich selbst war noch immer wie betäubt. Wusste nur, dass ich dieser Situation entfliehen wollte. Es gab keinen Grund für mich, dazubleiben und George bei der Schadensbegrenzung zuzusehen. Sollte er seine Trümmer doch allein wegräumen. Ich ließ mir von einem Diener in meinen Mantel helfen und verließ den Ort der Katastrophe.

Es war später Abend und die Lobby fast menschenleer. Die elegante Ruhe tat mir gut und so ging ich etwas gefasster zum Empfang und bat, mir einen Wagen zu rufen, der mich zum Bahnhof bringen sollte.

***

Minuten später geleitete mich ein Diener nach draußen, wo das Taxi mich erwartete. Den Kopf in die Hand gestützt, beobachtete ich die an mir vorbeiziehenden Lichter der Großstadt.

Was auch immer Dereks Auftritt an Folgen für George bewirken mochte, mich hatte er wie befreit. Es war, als sei mir eine wuchtige Last von den Schultern genommen. Wieso ich dieses Gefühl hatte, wusste ich allerdings auch nicht genau und die Erschöpfung, die sich meiner bemächtigt hatte, verbat mir ein tieferes Nachforschen. Ich würde den Nachtzug nach Yorkshire besteigen und meine Vergangenheit endgültig hinter mir lassen.

Nichts anderes zählte mehr.

Ein letztes Mal führte mich der Weg durch Kensington nach Paddington Station. Von Weitem sah ich meine Straße, erinnerte mich an die Männer, die ich hatte kommen und gehen sehen. Manche gleichgültig, manche mit Wehmut.

Mit müden Augen betrat ich meinen Bahnsteig. Ich hatte noch zehn Minuten bis zur Ankunft des Zuges, wenn dieser keine Verspätung hätte. Die Nachtluft ließ mich in meinem dünnen Seidenmantel frösteln und ich schlang die Arme um meinen Körper, als könne ich so die Kälte von mir fernhalten. Um Kälte und Müdigkeit zu vertreiben, begann ich jeweils zwanzig Schritt hin- und zwanzig Schritte zurückzugehen.

Das Auf- und Abgehen ließ mich ruhiger werden und ich war mir sicher, dass es nicht lange dauern würde und ich könnte die Ereignisse des Abends mit einem Schmunzeln betrachten.

»Es musste sein!«

Ich schrak zusammen und drehte mich zu der Stimme um, die ich nur allzu gut kannte.

»Ich bin gekommen, um mich bei dir zu entschuldigen, dass ich dich so bloßgestellt habe.« Er nahm einen tiefen Lungenzug und blies den Rauch über sich in die Luft.

Derek so nahe bei mir zu haben, versetzte mir einen regelrechten Schock. Was sollte ich sagen? Was konnte ich sagen?

»Außerdem fand ich, es wäre eine gute Gelegenheit, George mal seine Grenzen aufzuzeigen. Dem Puppenspieler die Fäden durchzuschneiden.« Er schnippte die Asche auf den Bahnsteig. Noch einen letzten Zug und die Zigarette flog auf die Gleise.

»Dann ist jetzt wohl der Moment gekommen, um Lebewohl zu sagen«, meine Stimme versagte beinahe.

Reisende sammelten sich an der Bahnsteigkante, der Zug konnte nicht mehr fern sein.

»Ja. Sieht so aus.« Das war wieder jener Derek, den ich in Schottland kennengelernt hatte. Souverän, selbstbewusst.

»Gut«, erwiderte ich und holte Luft, um das Zittern zu unterdrücken, das sich in meiner Stimme breit machte. »Und du? Was machst du jetzt?« Ich quälte einen heiteren Ton in meine Fragen.

Er zuckte mit den Schultern. »Ich werde wohl zu Laura nach Hause fahren und einen längeren Urlaub mit ihr antreten. Vielleicht kommen wir dann zu dritt wieder nach Hause und können so die Gnade des Puppenspielers zurückgewinnen.«

So genau hatte ich es nicht wissen wollen. Bilder, die mich erschauern ließen, stiegen vor meinem inneren Auge auf.

»Na, dann wünsche ich euch viel Glück. Ihr werdet bestimmt eine wundervolle kleine Familie sein.«

Er nickte. »Ja, sicherlich. Laura freut sich schon sehr auf ein Baby.«

Derek streute Salz in meine Wunden und er wusste es.

Die knarrende, beinahe unverständliche Stimme aus dem Lautsprecher kündigte den herannahenden Zug an.

»Nun … Mein Zug …«, sagte ich mit einem kleinen Lächeln.

»Zeit zum Lebewohlsagen«, wiederholte er meine Worte. Seine Augen fixierten mich und ich wusste, dass ich die Tränen nicht mehr lange beherrschen würde. Meine Kehle war wie zugeschnürt. Als lägen Knochenfinger dort und drückten mir die Luft ab. Unwillkürlich ging ich einen Schritt auf ihn zu, streckte ihm die Hand entgegen.

»Ich wünsch euch alles Gute. Ihr werdet sicher glücklich miteinander.«

Er griff nach meiner Hand. Seine Finger waren kalt und sein Griff fest. »Sicher werden wir das. Und du auch. Es war irgendwie ja auch eine tolle Zeit, die wir hatten …«

Meine Stimme versagte und so konnte ich nichts, als nur Nicken.

Mit einem Windstoß fuhr der Zug ein. Taschen und Koffer wurden aufgenommen. Menschen drängten nach vorn. Nur Derek und ich blieben starr stehen, als hätte jemand unser Bild eingefroren. Würde er nur noch ein einziges Wort sagen oder nicht augenblicklich meine Hand loslassen, dessen war ich mir sicher, würde ich in Tränen ausbrechen. Sie sammelten sich bereits in meiner Kehle. Dennoch war ich wild entschlossen, mir in diesen letzten Momenten, die wir beide miteinander hatten, keine Blöße zu geben. Stark und entschlossen sollte er mich in Erinnerung behalten. Nicht als wimmerndes Häuflein Elend. Heulen konnte ich immer noch im Abteil. Wenn ich allein war. Allein …

Der Zug hielt und die Türen öffneten sich.

Da brach es aus ihm heraus. »Emma! Empfindest du das Gleiche für mich, wie ich für dich?« Seine Augen hetzten über mein Gesicht.

Mein Atem ging unkontrolliert und schmerzte in meiner Kehle. Dieser abrupte Wechsel, dieser getriebene Ton, die hervorgestoßenen Worte – all das brachte mich vollends aus dem Konzept.

»Ist es noch da … Das Band zwischen dir und mir?« Er stand nach vorn gebeugt, als könne er so die Dringlichkeit seiner Fragen noch unterstreichen.

Mein Kopf bebte vor Anstrengung, nichts zu sagen. Ihm nicht entgegenzuschreien, was mich quälte, wonach ich mich so verzweifelt sehnte.

»Du hast es doch auch gespürt … Dass was zwischen uns ist, dass es mehr als Sex ist. Wir sind zwei von der gleichen Art!«

»Derek … nein!« Mehr brachte ich nicht zustande. Ich

hatte bereits einen Fuß auf der Stufe ins Wageninnere, doch er hielt noch immer meine Hand.

»Doch! Und du weißt das auch. Wir könnten nicht glücklich werden ohne einander. Niemals!«

»Und was ist mit Laura?«

»M'am, bitte … Der Zug fährt gleich ab«, mahnte der Zugbegleiter.

Ich wollte mich von Derek losmachen. Mich aus seinem Griff befreien.

»Du und ich, Emma … Du und ich, wir gehören zusammen!«

»M'am, ich muss Sie jetzt bitten, einzusteigen!« Die Stimme des Mannes hatte an Schärfe zugenommen. Er stieß einen schrillen Pfiff mit seiner Trillerpfeife aus, der mich augenblicklich taub machte, sodass ich nicht verstehen konnte, was Derek noch sagte.

Die Türen neben mir bewegten sich. Im nächsten Moment stieß Derek mich förmlich die Stufen hinauf, sprang mir hinterher und riss mich in seine Arme. Mit lautem Knall fielen die Türen hinter uns zu. Das Rucken des anfahrenden Zuges ließ uns taumeln, doch Derek hielt mich mit einem Arm fest umschlungen, während er mit der freien Hand an einer Stange Halt fand.

Seine Blicke flogen über mein Gesicht, als suche er dort den Beweis für meine Liebe zu ihm. Und dann presste er seine Lippen auf meine. Küsste mich mit so viel Leidenschaft und Sehnsucht, geboren aus den tiefen Gefühlen, die sich in all der Zeit aufgestaut hatten, die hinter uns lag. Und nun brachen sie sich Bahn.

Eng umschlungen standen wir dort, verschmolzen beinahe in unserer Umarmung, in unserer Liebe.

Derek löste sich von meinen Lippen, bewegte seinen Kopf ein wenig zurück und betrachtete mich wie ein kostbares Geschenk.

»Oh Gott, Emma ... Wie sehr ich dich liebe ...!«

»LustWelle«
Die Internet-Story

Mit dem Gutschein-Code

HC4TBAWCB

erhalten Sie auf

WWW.BLUE-PANTHER-BOOKS.DE

diese exklusive Zusatzgeschichte als PDF.
Registrieren Sie sich einfach online oder
schicken Sie uns die beiliegende
Postkarte ausgefüllt zurück!

Weitere erotische Geschichten:

Helen Carter
AnwaltsHure

Eine Hure aus Leidenschaft,
ein charismatischer Anwalt und
ein egozentrischer Sohn ...

... entführen den Leser in die Welt
der englischen Upper Class,
in das moderne London des Adels,
des Reichtums und der scheinbar
grenzenlosen sexuellen Gier.

Helen Carter
AnwaltsHure 2

Eine Hure aus Leidenschaft,
ein charismatischer Anwalt und
ein egozentrischer Sohn ...

... Die spannende Fortsetzung von
Reichtum, Sex, Zuneigung,
Wollust, Eifersucht, Liebe und
dem ältesten Gewerbe der Welt.

Lesen Sie, wie es mit Emma, George,
Derek und neuen Kontrahenten weitergeht.

Helen Carter
AnwaltsHure 3

Für die londoner Edelhure Emma Hunter sieht es
nach einem ganz gewöhnlichen Job aus.

Doch was als erotisches Date beginnt, endet für
sie in einem Strudel aus Rache, Sex, Intrigen und
Leidenschaft.

Emma erkennt zu spät, dass die Menschen nicht
immer das sind, was sie zu sein scheinen.
Es beginnt ein Kampf um
Liebe, Leben und Tod ...